I0634237

ANERIES

RÉVOLUTIONNAIRES.

Comment y à-t-il là dessus ? —— il y a vin
d'Espagne. —— ah ! soutiens encore que tu
n'es pas en correspondance avec les Espagnols.

ANERIES

RÉVOLUTIONNAIRES,

ou

BALOURDISIANA, BÊTISIANA,

Etc. etc. etc....

Anecdotes de nos jours, recueillies et publiées par CAP...L.

Puissent-elles vous faire rire
Autant qu'elles ont fait pleurer !

DEUXIÈME ÉDITION.

A PARIS,

Chez Capelle, Libraire-Commissionnaire,
rue J. J. Rousseau.

AN X.

INTRODUCTION.

LES peuples qui n'ont qu'un livre, comme les Juifs, les Musulmans et les Guèbres, ne changent jamais d'opinion.

Les Français qui ont vu la fin du règne de Louis XV, et qui ont vu se propager les maximes des J. J. Rousseau, des Voltaire, des Montesquieu et des Raynal, ont été les témoins de la nullité du roi, du gouvernement et de la nation.

Lorsque Louis XVI monta sur le trône, il y apporta un cœur bon, de l'attachement pour son peuple, et une répugnance pour la tyrannie. Dès sa jeunesse, il avait annoncé du goût pour la réforme des abus ; mais l'usage de la cour de France était d'écarter les héritiers du trône de la connaissance des affaires, afin de les tromper plus aisément et de gouverner sous leur nom. Telle a été la principale cause des événemens qui ont affligé la vie du plus malheureux des rois.

Le faste de la cour de Louis XIV, du Régent et de Louis XV, n'avait été que parcimonie en comparaison de la prodigalité de celle de Louis XVI. L'insouciance sur l'avenir empêchait d'examiner et d'où provenait tant d'argent, et ce qu'il en coûtait au peuple pour le donner.

Avec de l'instruction, Louis XVI aurait pu sauver l'Etat ; car, d'une part, il était naturellement économe, et de l'autre il n'avait rien tant à cœur que le bonheur de ses sujets.

Tous les ressorts politiques étaient

usés : la corruption , l'intrigue et
l'épuisement des finances éveillèrent
enfin l'attention du monarque. Il voulut s'entourer de conseils ; il ne les
chercha que parmi des courtisans
avides et des ambitieux déhontés (1).
On convoqua une assemblée de no-
tables ; cette assemblée nécessita
celle des états-généraux , et

L'an mil sept cent quatre-vingt-neuf,
France de foux devint l'élite ,
Pour aviser si , par la suite ,
Charrette irait devant le bœuf.

Duport consulta Mesmer sur le
succès de la révolution , et ce savant
empirique lui répondit : « J'ai tâté le
» pouls à l'Univers ; à la troisième
» crise , le monde sera sauvé ».

_____

(1) L'ambition domine Philippe d'Orléans,
disait-on au commencement de 1789 ; et si
le roi le decorait du *cordon gris* , il empê-
cherait la révolution.

Il est plus sûr de se fier à un cheval sans frein, qu'à des discours imprudens et désordonnés. Tout est
perdu, quand les méchans servent
d'exemple, et les bons de risée.

PITHAGORE.

Un grand royaume est un vaisseau
Dont le monarque est le pilote ;
Gravons le bien dans le cerveau,
Un grand royaume est un vaisseau.
Si le nocher tombe à vau-l'eau,
Au hasard le navire flotte :
Un grand royaume est un vaisseau
Dont le monarque est le pilote.

AVERTISSEMENT.

En publiant une seconde édi-
tion de ce Recueil, mon intention ne fut point, ainsi que je
l'annonçai dans la première,
de rappeler aux Français les
scènes funestes qui, pendant si
long-tems, ont désolé notre
malheureuse patrie.

Rire et chanter aux dépens
de quelques grossiers person-
nages qui ont joué des rôles sur

1 *

le théâtre révolutionnaire, depuis 1790 jusqu'à la mémorable journée du 18 brumaire (sans cependant en nommer aucun), tel a été mon unique but.

Puissent donc *tous les Français* qui verront ce Recueil ne pas se tromper sur mes intentions, et, s'il est possible, rire, en le parcourant, autant que j'ai ri moi-même en rassemblant les pièces qui le composent.

Des hommes pusillanimes diront peut-être que de tels tableaux sont dangereux, en ce qu'ils rappellent des événemens que l'on doit ensevelir dans le plus profond oubli ; mais je pense, au contraire, qu'il importe à la nature humaine qu'on en montre les ridicules dans toute leur hideuse nudité, afin d'en prévenir les retours, et goûter enfin, à l'ombre de l'olivier, le repos acheté par tant de sacrifices.

Les empires en révolution, dit Roubaud, sont une liqueur en fermentation, qui se trouble et se décompose, pour former un nouveau corps. Sa vapeur enivre et asphixie, et cette ef-

fervescence dure jusqu'au moment où la partie spiritueuse
se dégageant, rejette ou préci-
pite toutes les parties hétéro-
gènes.

« Ainsi que le cours des années
» Se forme des jours et des nuits,
» Le cercle de nos destinées
» Est marqué de joie et d'ennuis.
» Le ciel, par un ordre équitable,
» Rend l'un à l'autre profitable ;
» Et dans ces inégalités,
» Souvent sa sagesse suprême
» Sait tirer notre bonheur même
» Du sein de nos calamités ».

ANERIES
RÉVOLUTIONNAIRES.

PREMIER LIVRE.

LETTRE écrite du Faubourg Saint-Antoine à un membre de l'Assemblée Nationale.

15 août 1789.

J'AI été dimanche gratis, Monsieur, au Wauxhall d'été, où est-ce qu'on représentait la prise de la Bastille (1). En voyant ça, j'me disais, pardine le peuple a fait là une belle chose : on n'y mettait qu'des aristocrates, et c'est bien le cas de dire *qu'ils se sont servis de la patte du chat pour tirer les*

---

(1) Qui fut prise en deux heures, le 14 juillet 1789.

2

marons du feu. On y fourrait bien queu-
ques-uns du tiers-état, mais c'était
des écrivayeux qui n'seront pas si bien
à Bicêtre, et ce n'sera pas si cher ....
Ah ! mon dieu, quand j'y pense, à
c'te Bastille, il semblait que c'était le
fort Mahon , à entendre parler les
Parisiens ; et ils sont entrés là comme
dans du beurre : la mitraille allait
chercher les ceux qui n'pensions à
rien, et crac .... Enfin, on nous dit
qu'c'est pour notre bien, et j'le croyons;
mais ça nous fait perdre fièrement de
tems du d'puis toujours , et j'crais que
l'on ferait une bastille aussi grande
que Paris aveuc ce que j'avons manqué
à gagner. Au surplus , Monsieur le
député, faites de votre mieux pour
que les affaires allions bien , et crayez
nous tous les habitans du faubourg
disposés à nous battre pour la liberté,
avec laquelle j'ai l'honneur.

ANT. DUBUIS.

LETTRE d'un cocher de fiacre à un membre de l'Assemblée Nationale.

NOT' BOURGEOIS,

Pierre Leroux qui est notre compère, et moi, avons été boire ce matin un demi-setier de cette petite goutte; voilà que tout en jasant, nous parlons de l'égalité, et par rapport à ce qui est de ça, je prenons la liberté de vous dire que je suis indigné contre le grand abus des gens à hôtels, ou celui de leurs suisses, qui empêchent mes chevaux d'entrer dans la cour lorsque je mène des personnes qui ont affaire à eux. Tenez, quand je vois qu'un évêque dans son carrosse doré moulu, et une belle dame entretenue dans son remise, vont mettre pied-à-terre tout fin drait sur le perron, et qu'un bon curé, un député du tiers-état, ou une bonne honnête

femme, qui se sont historiés pour faire·
leur visite, sont obligés d'essuyer la
pluie, le vent et la crotte en traver=
sant des cours d'un quart de lieue,
pendant que mes chevaux restent les
bras croisés dans la rue..... J'enrage
contre l'aristocratie des voitures; et
je dis que ça n'est pas honorable pour
nous qui sommes *les voitures de la
nation*. On parle d'abolir la distingtion
des ordres; est-ce que celle des voitures serait plus enracinée?...... Si les
pauvres chevaux pouvaient parler,
ils ne manqueraient pas de dire qu'ils
naissent égaux..... Mais si les aristo=
crates à grandes cours ont tant d'a=
mitié pour les leurs, et qu'ils ne veu=
lent pas les laisser se·compromettre
dans la compagnie des nôtres, je
consens bien à ne pas les laisser cau-
ser ensemble, pourvu que je puisse
mener mon monde aussi proprement
que j'ai l'honneur d'être,

BRINDAVOINE.

LORSQUE Louis XVI quitta Versailles (1) et se rendit à l'hôtel-de-ville de Paris, entouré de la garde parisienne, Bailly, alors maire, lui adressa ces paroles : *Henri IV conquit sa bonne ville de Paris, aujourd'hui le peuple de Paris vient de reconquérir son roi.*

~~~~

UN perruquier, voisin du lieu où l'assemblée constituante tenait ses séances, avait mis sur son enseigne : Je *rase* le clergé, je *peigne* la noblesse et *j'accommode* le tiers-état.

~~~~

LES citoyens *actifs* (car c'est ainsi qu'alors on appelait la bourgeoisie de Paris) se réunissaient au champ de mars pour apprendre l'exercice. Un jour que l'aide-major leur criait pas

_____

(1) Le 17 juillet 1789.

2

de manœuvre ! ..... Monsieur, parlez plus poliment, dit l'un d'eux un peu fâché..... Je suis *maître maçon !* ....

~~~~

ON rencontrait à cette époque quantité de patrouilles dans Paris, et chacune d'elles se reconnaissait par le nom de son district ; ainsi une patrouille du quartier du Théâtre-Français, quand on lui criait *qui vive ?* répondait, *Théâtre - Français*, une autre, *Thuileries*, une autre, *Pont-Neuf*, etc.

Une nuit, la sentinelle qui était en faction devant le corps-de-garde de la rue Bourbon-Villeneuve, voyant venir une patrouille à lui, crie de toutes ses forces : *qui vive ?* on lui répond, *Bonne-Nouvelle* (nom d'une section). Caporal ! Caporal ! cria-t-il aussitôt, accourez, accourez, et le caporal accourut. Qui vive, demandet-il à son tour; on répéta : *Bonne-Nouvelle !* Ah ! parbleu mes amis, dit le caporal, contez-nous ça....

~~~~

L'INSCRIPTION du drapeau du district des Capucins (maintenant compris dans l'arrondissement des Thuileries) portait ces mots : *Nul ne nous fera la barbe.*

~~~~

Le prince de Poix voulait entrer aux Thuileries malgré la consigne, la sentinelle s'y oppose ; le prince se nomme; eh ! fussiez-vous le *roi des haricots,* lui dit le soldat, vous n'entrerez pas.

~~~~

DANS la commune de Pantin, à deux lieues de Paris, on lisait ces mots au-dessus du corps-de-garde : Corps-de-garde de *Pantins.*

Quantités d'hommes à deux visages
firent, en 1790, ce serment civique :

A la nouvelle loi	je veux être fidèle,
Je renonce dans l'ame	au régime ancien ;
Comme article de foi,	je crois la loi nouvelle,
Je crois celle qu'on blâme	opposée à tout bien.
Dieu vous donne la paix,	messieurs les démocrates,
Noblesse désolée,	au diable allez-vous-en !
Qu'il confonde à jamais	tous les aristocrates,
Messieurs de l'assemblée	ont seuls du jugement.

Lorsque les circonstances changeaient, ils coupaient en deux leur
serment, et le sens n'était plus le
même.

～～～～

UN paysan fut sommé de *jurer* fi-
délité à la constitution ; ma fine, dit-
il, je n'savons pas jurer ; mais j'vons
quérir mon fils le grenadier, il con-
nait ça li, il s'en acquittera à mar-
veille.

～～～～

UN curé des environs de Saint-

1

Brieux, après avoir refusé de prêter son serment civique, monte en chaire et déclame avec violence contre la nouvelle constitution du clergé. A peine est-il descendu, que son vicaire prend sa place et soutient le contraire, au grand plaisir des auditeurs. La satisfaction se peint sur tous les visages, excepté sur celui du pasteur : transporté d'une sainte colère, il interrompt vivement son adversaire, et avec l'éloquente énergie du *Père Duchesne*, il s'écrie : « Ah ! f..... je » vois bien où tu en veux venir : tu » t'imagines avoir ma cure. Eh bien ! » tu ne l'auras pas, f...... je vais ju- » rer !..... » Il se compose, remonte paisiblement à l'autel, entonne la préface, et, après avoir fini l'office, il prête son serment civique entre les mains d'un officier municipal, et au milieu des acclamations des patriotes, qui regardaient la multiplicité

des *prêtres citoyens* comme le gage
assuré de la prospérité nationale.

~~~~~

*Liste des officiers municipaux de la
commune de Saint-Quentin.*

*MM. Néret, Soyés, Gaillard, Sautés, de Joye, le Grand, Couillard,
Ferat, Cocu, le Maire, de Laville.*

Nota. Nous prendrions ceci pour
une plaisanterie qui ne serait pas
même du meilleur ton, si nous n'avions tiré cette liste, nom à nom, de
la Chronique de Paris, du 14 mars
1790, journal alors très-intéressant,
mais sérieux, et qui, comme on le
sait fort bien, ne se permettait ni l'esprit, ni la gaîté.

~~~~~

Un maire de village s'étant rendu

en écharpe (1) pour rétablir le calme entre ses habitans et quelques personnes d'un endroit voisin qui étaient venues leur chercher querelle, reçut dans la mêlée quelques coups par les aggresseurs, et finit même par éprouver des désagrémens de la part de ses concitoyens, qu'il était parvenu à éloigner du combat. — Comment, leur dit-il, malheureux, vous m'en voulez à moi qui me suis fait *écharper* pour vous?

~~~~~~

ON lisait dans la *Chronique de Paris,* du 24 mars 1790, ces deux vers faits à l'occasion d'un citoyen dont la femme accoucha le jour qu'il fut promu au grade de maire de sa ville :

Notre choix t'a fait maire, et l'amour t'a fait père ;
Quel triomphe ! en un jour te voilà père et maire.

(1) Les maires avaient, à cette époque, une écharpe tricolore.

Ce badinage innocent est né dans la ville de Beaune ; aussi sent-il le terroir.

~~~~

Le premier jour de Longchamp, en 1790 , donna lieu à l'anecdote suivante : Un jeune homme fort élégant promenait fastueusement son inutilité dans un whiski d'une hauteur prodigieuse. Il crut faire une plaisanterie d'un genre neuf, en faisant monter derrière sa voiture un laquais revêtu de l'uniforme national. Un grenadier du district des Cordeliers, témoin de cette incongruité, sentit à ce spectacle ses entrailles patriotiques s'émouvoir : il arrête majestueusement le whiski, fait descendre d'autorité le maître et le valet, et offre ensuite au jeune homme (quoique l'on ne fut encore qu'à l'aurore de la révolution) l'alternative d'être assommé, ou de monter derrière le whiski ; après quoi il fait asseoir le laquais à la place de son maître, et ordonne au cocher de fouetter...... Si le même grenadier, doué d'un semblable zèle, s'avisait encore aujourd'hui de vouloir replacer les maîtres à la place des valets, et les valets à la place des maîtres, nous pensons qu'il ne manquerait pas d'occasions pour déployer son zèle patriotique.

LORSQUE l'on supprima les titres de noblesse, M. de Villette, connu par ses goûts bizarres, fut surnommé le *ci-derrière* marquis de Villette.

PARMI les membres que l'assemblée nationale avait nommés dans son sein pour composer une commission, on remarquait ces quatre *noms pro-*

3

pres : *Villette* , *Bouche* , *Trou* , *de Lannus*.

A la mort de M. de Lannus, on publia le quatrain suivant :

Le grand *Lannus* est mort rendant un lave-
ment.
Bouche et *Trou* sont en pleurs , ayant perdu
leur frère :
Et sur un tel malheur gémit la France entière ,
Qui voit que ses décrets n'ont plus de fonde-
ment.

~~~~~~

APRÈS la fête du 14 juillet 1790, il parut un écrit tendant à prouver à la France entière que la pluie qui tomba avec force ce jour-là , était préméditée par les aristocrates.

~~~~~~

UN orateur proposait à la tribune d'un club de prendre une précaution qui serait infaillible pour détruire la

noblesse héréditaire : c'était de dé-
fendre aux nobles de faire des enfans
mâles.

~~~~

QUELQUES - TEMS après que l'on
eut aboli la noblesse , on effaça
l'épithète de *noble* des enseignes
de billards ; le jeu de l'oie subit le
même sort , quoiqu'il fut renouvelé
des Grecs (1).

~~~~

AFIN de rendre ses titres de noblesse plus ridicules , M. *** s'avisa
de les distribuer à ses domestiques ,
selon la nature de leurs services. Son
palefrenier fut fait *chevalier* , parce
que l'origine de ce mot vient de *che-*

_____

(1) Avant la révolution les enseignes de
billards étaient ainsi : *Noble jeu de billard.*
On disait également : *le noble jeu de l'oie.*

val. Son cocher fut nommé *duc*, parce que ce mot signifie *conducteur*. Ses laquais eurent le titre de *comte*, parce que les premiers comtes étaient des hommes qui suivaient et *accompagnaient* les grands. Enfin, le nom de *marquis* ayant été inventé par ceux qui gardaient les *frontières et les marches*, il donna ce nom à son portier, qui défendait l'entrée et l'escalier de sa maison.

~~~~

VOULANT aussi se donner un air de popularité, un autre seigneur plaça des paysans à sa table. A la fin du repas, il dit à son maître-d'hôtel : Servez-leur du *tiers-état* (c'était de l'eau-de-vie qu'il appelait ainsi). Vous avez bien raison, dit un paysan, car c'est la liqueur qui a le plus de *force* et d'*esprit*.

UN autre disait un jour à un de ses vassaux : Allons, mon cher Thomas, nous sommes égaux, nous pouvons manger à la même *écuelle*. Oui, monsieur, répondit le rusé paysan, mais nous ne fumons pas à la même *pipe*.

M. ***, en sortant du spectacle, dit à quelqu'un : appellez mes gens. — Il n'y a plus de gens, dit un *citoyen*, nous sommes tous frères. — Eh bien, répartit Turcaret, appelez vos frères.

UN curé des environs de Reims monta en chaire, et dit à ses paroissiens : « Mes frères, le créateur a » dit à la créature, *croissez et multi-* » *pliez*. Pour vous enseigner la pra- » tique de ce précepte, et prévenir » tout scandale, je vous déclare que » je me suis marié il y a huit jours ;

5

» et que, par la grace du Seigneur,
» ma femme accouchera dans un mois;
» prions, mes frères, pour son heu-
» reuse délivrance ».

~~~~

L'ABBÉ C.... disait au lycée, le len-
demain de sa motion sur le mariage
des prêtres : « Il faudrait avoir un
» pied-de-roi pour mesurer et con-
» naître ainsi ceux d'entre les prêtres
» qui sont en état de se marier ».....

~~~~

UN curé du diocèse de Limoges
mandait, le 20 mai 1790, à son évêque,
que l'esprit d'insurrection ayant trou-
blé le sacrifice de la messe, il avait
cru devoir décorer le saint-sacrement
de la cocarde nationale ; ce qui avait
rétabli le calme !!!! ......

~~~~

MADAME *** se plaignait à madame

B*** de ce qu'elle oubliait ses amis depuis que son époux était en dignité. Madame B***, sensible à ce reproche, écrivit à cette dame qu'elle serait toujours flattée de voir ses anciennes connaissances ; qu'elle était réellement affligée du reproche qu'on lui faisait de ne plus recevoir ceux qui la fréquentaient avant que son *bien* fut *aggrandi ;* que jamais l'entrée chez elle n'avait été interceptée, et que d'ailleurs ses *Suisses* ouvraient à tout le monde. Madame ***, qui n'avait point reçu une éducation soignée , ne savait point l'orthographe , et écrivit *Suisse* par un *C*.....

~~~~~

LE Père gardien des Capucins, ayant appris que l'assemblée avait proscrit l'habilement monastique , passa toute la nuit du 16 au 17 septembre 1790 , à se faire raser et à changer sa robe contre un uniforme national. Puis, ayant fait un paquet de ses hardes, il le laissa au milieu de sa cellule, avec ce billet :

« Puisqu'on m'ôte mes habits, je
» dois, suivant les maximes de l'évan-
» gile, partager mes vêtemens avec
» ceux qui m'en dépouillent.

» Je laisse donc à M. Robespierre,
» ma calotte, en regrettant qu'elle
» ne soit de plomb.

» Ma barbe, avec ses agrémens,
» à M. Camus, pour s'en faire une
» perruque.

» Ma mutande, à M. de Lusignan.

» Je donne et lègue mon manteau
» à M. le duc d'Orléans ; celui dont
» il se couvre est tellement percé
» qu'on peut à travers voir la nudité
» de son ame.

» Je laisse ma robe au côté droit,
» mon cordon au côté gauche, et ma
» besace à tout le monde, etc.... Le

reste ne vaut pas l'honneur d'être nommé.

~~~~

UN aristocrate se permit de dire que l'état était ruiné ; que la France n'avait plus d'argent, et pour prouver qu'il savait le latin, il finit par dire : *Solum remedium malis nostri mori,* (mourir). Quelques patriotes exagérés, furieux d'entendre prononcer le nom de l'abbé *Maury,* manquèrent d'estropier le pauvre motionnaire.

~~~~

LETTRE d'un chasseur de la section des Cordeliers, à sa maîtresse.

Paris, 16 janvier 1791.

MADEMOISELLE (1),

ME sera-t-il permis de renouveler

_____

(1) On ne disait pas encore *citoyenne.*

la *motion* que j'osai articuler hier à vos pieds? Me sera-t-il permis de vous rappeler que votre respectable mère daigna *l'appuyer* auprès de vous? Votre âge, je le sais, vous défend des liaisons prématurées ; mais il est avec l'amour des *amendemens* et des *sous-amendemens*, dont un homme délicat et sensible doit savoir se contenter. Soyez donc sans inquiétude , charmante Jeannette ; quelque soit l'*aristocratie* que vos yeux exercent sur moi , je ne serai point assez *inconstitutionnel* pour porter une main téméraire sur des fruits que l'âge n'a pas encore mûris. Lier mon ame à la vôtre par un *pacte fédératif*, former avec vous une *coalition* d'estime et d'amitié, c'est tout ce que je desire. Tel est le *préalable* sur lequel je vous supplie , charmante Jeannette , de fixer votre attention.

Vous pouvez communiquer cette

lettre à votre respectable maman : ce qu'elle connaît de mes intentions m'a obtenu sa *sanction provisoire* ; aussi n'ai-je plus à redouter que le *veto* de votre innocence : S'il n'est que *suspensif,* je saurai attendre que vous ayez atteint une *majorité relative* ; s'il est *absolu,* tout *impératifs* que soient les *mandats* de la passion que vous m'avez inspirée, j'obéirai ; car vos volontés doivent être des *décrets* pour moi ; et la moindre résistance de ma part m'exposerait au blâme du *comité des recherches* de ma conscience , et à des *soulèvemens* de mon cœur contre mon repos.

Adieu , belle Jeannette ; songez quelquefois à celui qui ne s'occupe que de vous, soit que le réveil vienne convoquer *l'assemblée primaire* de ses pensées, soit que le jour achève sa *révolution* ; mais de grâce , plus de *conspiration* contre mon bonheur, plus

de soupçons qui pourraient me donner
à vos yeux le caractère d'un amant
actif. En attendant que vous ayez fixé
mon sort, l'amitié la plus franche et
la plus désintéressée vous prie d'ac-
cepter, pour les menus frais de votre
toilette, une *liste civile* de cent vingt
livres par mois, avec lesquelles je suis
votre bon ami, etc.

~~~~~~~

DANS les momens les plus orageux
de la révolution, M. le prince de
Mon..... parut extrêmement gai après
la lecture d'une lettre qu'il venait de
recevoir : on lui en demanda la raison.
— Ah ! dit-il, on me mande que mon
fils est tombé dangereusement malade
dans une ville du pays de Vaud ; c'est
un coup du ciel que je n'osais pas
espérer. Cette réponse parut étonner
beaucoup ; on savait qu'il chérissait
son fils. — Oui, reprit-il, c'est un

coup du ciel ; mon fils était sur le point de revenir à Paris. Vous le connaissez , c'est un crâne , il se se-rait fait tuer : aristocrate loyal , mais fougueux , tout son sang aurait coulé pour la défense de ce qu'il croit être la bonne cause : le voilà à l'extré-mité , et je pense que c'est pour son bien.

~~~~~

LORSQU'IL fut question de fondre les cloches , un personnage très-connu dit qu'il ne fallait en excepter aucune , et qu'il fallait prendre jusqu'à la son-nette du président de l'Assemblée nationale. On fit , à cette occasion , les vers suivans , qui doivent , je le pense , être exclus du nombre des aneries.

Rendons grace au puissant génie
Qui , voyant notre pénurie ,
Veut que l'on réduise au billon
Toute espèce de carillon :

4

Dès long-tems en effet tout cloche,
Les paimens vont cahin, caha;
Sitôt qu'on en est réduit là,
C'est le cas de fondre la cloche.

*ADRESSE de félicitation et de remer-
cîment des Cloches, à M. ***.,
rapporteur de la loi ci-dessus.*

Din, don; din, don; din, don;
din, don; din, don; din, don; din,
don.

Vos très-humbles et très-obéis-
santes servantes,

Les Cloches de France.

LE 14 octobre 1791, une société
patriotique du département de la haute
Marne fit prendre par la municipalité
une ordonnance de police, où se trouvait cette disposition : *Défendons de*

laisser entrer les chiens dans le club, sous peine du fouet pour les chiens du canton, et de trois livres d'amende pour les étrangers ; et afin que les contrevenans ne puissent prétexter cause d'ignorance, ordonnons que la présente sera imprimée et affichée aux lieux accoutumés.

~~~~~~

DANS le village de ..... quelques habitans formèrent le dessein d'abattre un vieux orme, qui se trouvait en face de l'église, afin d'y substituer un arbre de liberté ; et comme la grosseur de l'arbre y apportait une grande difficulté, le plus avisé dit qu'il allait les tirer d'embarras ; que, comme le plus robuste, il allait se pendre par les mains à la cime, qu'un second n'avait qu'à se pendre à ses pieds, un troisième à ceux du second, un quatrième à ceux du troisième, ainsi de suite, jusqu'à ce que leur poids entraînât l'arbre par terre. Mais lorsqu'il y en eut un certain nombre attaché de cette manière, le premier, qui se sentait fatigué, dit au second que les bras lui manquaient. Eh bien, dit l'autre, crache dans tes mains. Le mal-adroit, ayant suivi ce conseil, tomba à terre avec tous ses camarades.

~~~~~

DANS la société-mère on avait agité la question sur un nouvel impôt qui, en produisant beaucoup d'argent à la Nation, n'aurait point fait crier les consommateurs de l'objet sur lequel il aurait été levé : il s'agissait d'une taxe sur les cercueils.

~~~~~

LES premiers membres de l'Assemblée législative n'annonçaient pas l'opulence. Quelques-uns de leurs prédécesseurs se permirent de dire : *A peine si les nouveaux législateurs ont une culotte au c...* Le propos fut entendu, et plusieurs de ces nouveaux députés répliquèrent : Nous nous faisons honneur d'être *sans-culottes ;* l'habit que nous portons est à nous, et ce n'est pas aux dépens de la sueur du peuple que nous sommes vêtus. (C'est de là que vient le nom de *sans-culotte*).

Bientôt après cette époque, la misère propagea tellement ces principes de *sans-culotisme,* que les malheureux ouvriers de Paris, se trouvant dans le plus affreux dénûment, adressèrent à l'Assemblée législative la pétition suivante :

Ah ! que nous serions satisfaits,
   Si, toujours patriotes,
Au lieu de faire des décrets,
   Vous faisiez des culottes.

Suivent les signatures.

4 *

EXTRAIT *d'une séance de la société-*
mère (1).

Du 7 janvier 1792.

DANTON paraît à la tribune, un
rouleau de papier dans sa main, les
yeux étincelans de rage; et après
avoir soupiré trois fois, frotté son
menton, toussé, craché et éternué,
il commence ainsi :

'AIR : *Quoi ! ma voisine, es-tu fâchée ?*

Je vous dénonce le Saint-Père,
    Pour avoir fait
Certain bref qui me désespère
    Et me déplaît.
Je dénonce les gens d'église
    Et les robins,
Et l'auteur qui ridiculise
    Les jacobins (2).

(1) Société dite des Jacobins.
(2) L'auteur des *Sabats jacobites*, ou=

Bah ! bah ! c'est peu de chose, dit Robespierre ; vous n'y êtes pas, vous n'y êtes pas..... Président, je demande la parole.... Il remplace Danton, et dit avec une mâle éloquence,

AIR : *Des Trembleurs.*

Je dénonce l'Allemagne,
Le Portugal et l'Espagne,
Le Mexique et la Champagne,
La Limagne et le Pérou ;
Je dénonce l'Italie,
L'Afrique et la Barbarie,
L'Angleterre et la Russie,
Sans même excepter Moscou.

On objecte au sage dénonciateur qu'il faut au moins qu'il dise pour quelles raisons il dénonce ces différentes contrées ; il répond à cela :

_____

vrage périodique qui paraissait tous les quinze jours.

AIR : *des Fleurettes.*

De ce Sénat auguste
Je connais bien l'esprit ;
Qu'importe qu'on soit juste ,
Dénoncer nous suffit :
Moi , je n'ai qu'une réponse
A faire à vos questions ,
A-t-on besoin de raisons
Quand on dénonce ?

MARAT , voulant encore renchérir sur son ami , observa d'un air grave à l'auguste aréopage , que la liberté des opinions était à l'ordre du jour ; que chacun était bien le maître de présenter les moyens qu'il croyait convenables au bien public ; puis il ajouta :

AIR : *de la Croisée.*

Lorsqu'on jette les fondemens
D'une nouvelle république ,
Je crois que ces ménagemens
Ne sont pas d'une ame civique ;

Et puisque je vois qu'en tous lieux
D'aristocrates on abonde,
Je pense qu'il vaudrait bien mieux
Dénoncer tout le monde.

Cette saillie patriotique termina la séance, et tous les frères se retirèrent, en se promettant le jour suivant de dénoncer tout le monde.... Dieu sait s'ils y ont manqué !

~~~~~

RELATION exacte et véritable du grand événement arrivé à messieurs BAZIRE *et* CHABOT *, le* 20 *janvier* 1792.

EN certain lieu monsieur Bazire
S'en fut avec l'ami Chabot ;
Chabot promit d'aider Bazire,
Et Bazire d'aider Chabot.
L'on y reçut très-bien Bazire,
L'on fit même accueil à Chabot ;
Mais la donzelle au sieur Bazire
Préféra le brillant Chabot ;
Ce qui fit que monsieur Bazire

Menaça le barbu Chabot.
Ensuite , pour monsieur Bazire
Elle quitta monsieur Chabot ;
Ce qui fit qu'à son tour Bazire
Se crut insulté par Chabot.
Sans vergogne monsieur Bazire
Arracha la barbe à Chabot ,
Et la crinière de Bazire
Resta dans les mains de Chabot.
Les coups de poings du sieur Bazire
N'empêchaient pas ceux de Chabot.
Pour séparer le doux Bazire
D'avec le vertueux Chabot ,
La virtuose prit Bazire
Et ses agens monsieur Chabot ;
Par la rampe on jeta Bazire ,
Et par la fenêtre Chabot.

Depuis ce tems monsieur Bazire
Dit du mal de monsieur Chabot ;
A son tour de monsieur Bazire
Médit l'ex-capucin Chabot.
Mais en voyant monsieur Bazire
Ainsi que son ami Chabot ,
On disait : Chabot vaut Bazire ,
Et Bazire vaut bien Chabot.

~~~~~~~~~~~~~~~~~~~~~~~~~~~~~~~~~~~~~~

LE SUCRE ET LE CAFÉ,

Ou extrait d'une séance de la société-mère, du 30 janvier 1792.

Nota. On se rappelle qu'à cette époque nous étions déjà en guerre avec l'Angleterre, ce qui rendait en France les denrées coloniales très-rares.

Les portes de l'auguste aréopage s'ouvrent avec fracas, les frères entrent tumultueusement et se placent tous pêle-mêle ; le président sonne, les secrétaires écrivent, les huissiers crient : *silence*, et la farce commence.

Afin d'ouvrir la séance par quelque chose d'intéressant, Danton lit le bulletin de la petite maladie du révérend père Chabot, et la société apprend avec peine que ce grave député, ci-devant capucin, blasé sur les bonnes fortunes attachées à cet ordre, a voulu se livrer à des distractions plus mondaines ; il a cru que son inviolabilité s'étendait jusqu'à le mettre à l'abri des résultats d'un choix malheureux ; et la société fraternelle voit, le cœur navré de douleur, que l'honorable membre s'est trompé.

Robespierre prouve clairement que rien n'est plus funeste à l'état que l'absence du révérend père, et s'épuise à dire que tout va de mal en pis depuis cette éclipse de génie, qui est, selon lui, un véritable *déficit* pour la chose publique.

Ici Bazire se lève, demande la parole, et dit :

Le sucre et le café sont à l'ordre du jour,
Il nous en faut parler aujourd'hui contre ou
pour ;

Et laissant là Chabot avec sa maladie;
Occupons-nous plutôt, messieurs, de sucrerie;
C'est un très-beau sujet, et sur lequel enfin
Il est tems qu'on s'explique au sénat clémen-
tin.

Cet heureux début fait desirer la fin du discours du frère Bazire, qui, après s'être recueilli quelques instans, ajoute :

Je connais maint apothicaire,
Maint épicier, maint confiseur,
Maint pâtissier et maint docteur,
Qui pensent, comme le vulgaire,
Que le sucre est fort nécessaire ;
Je dis, moi, que c'est une erreur.

On sait que Dieu créa le monde,
Qu'il fit l'homme et les minéraux,
Les rivières, les végétaux,
Les montagnes, les animaux,
Pour meubler la machine ronde ;
Mais aucun livre ne nous dit
Que l'Etre-Suprème alors fit
Et le sucre et la confiture ;
Ainsi, messieurs, je puis conclure ;

5

En lisant le vieux Testament,
Que le sucre, ce mets friand,
Est un ragoût contre nature.
D'ailleurs les Grecs et les Romains
Ne mangeaient point de sucrerie,
Et ces gens-là, je le parie,
Plus que nous autres étaient sains.
Vous saurez, en lisant Pétrone,
Aristote et Saint-Augustin,
Que dans Suze et dans Babylone,
A Marseille, à Lacédémone,
Et dans tout le pays Latin,
A Carthage, à Sybaris même,
Que ces trois mots que je redis :
Café, *Chocolat à la crème*,
Aux portes n'étaient point écrits
Comme ils le sont dans tout Paris.
En outre, dans l'histoire antique
Il est dit qu'une République
Ne prenait jamais de café,
Et que cette liqueur exquise
Autrefois n'était pas permise
Au bourgeois le plus étoffé.
Puisqu'en état démocratique
Nous avons changé cet état,
Donnons-lui la tournure antique,

Et que dans notre République
Et le sucre et le chocolat,
Le café de la Martinique,
Et d'Orléans et d'autres lieux,
Les indigots, les cochenilles,
Enfin tous ces dons précieux
Qu'on nous apportait des Antilles,
Dès ce moment soient pour jamais
Proscrits de l'Empire français.

Oui, s'écria alors un membre, saisi d'un saint enthousiasme, renonçons pour toujours à l'usage du sucre et du café........ Je jure donc, par mon bonnet rouge et par ma moustache, que jamais il n'entrera dans ma maison de ces denrées pernicieuses et suspectes.

Cette observation, vigoureuse autant qu'énergique, mérita les applaudissemens d'une société qui aimait à voir ses membres faire preuve d'érudition.

Alors Marat se leva, et l'on sait

que ce vertueux membre ne parlait ordinairement que pour dire des choses très-importantes. On peut en juger par le propos qui suit :

« Oui, mes frères et amis, j'appuie de tout mon pouvoir l'opinion du préopinant. Eh ! ne serait-il pas honteux pour nous, qui sommes la *force* de l'Empire, de nous laisser prendre par la *douceur*, et de ne pas nous soumettre à un décret qui ne le cède en rien à tous ceux que nous avons faits ?

Oui, oui, s'écria l'assemblée, c'est parler comme un livre.

" Je propose donc, par amendement, de métamorphoser de suite tous les cafés de France en clubs patriotiques et en écoles nationales ".

Alors, d'un mouvement spontané, la grande majorité se lève et fait à haute et intelligible voix le serment

civique de ne prendre ni café ni
sucre , et de dénoncer au comité des
recherches les citoyens qui s'obstine-
raient à faire usage de ces friandises
inconstitutionnelles.

Cependant on entend des brouhahas
dans un des coins de la salle , et l'on
découvre que ce sont des membres ,
limonadiers et confiseurs , qui se
coalisent pour empêcher que le décret
ne passe.

Grande fureur des frères ennemis
du sucre contre ceux qui se montrent
les défenseurs de cette production
coloniale. La discussion s'engage ,
chacun crie de son côté. Les deux
partis s'envoient mutuellement *faire
sucre ;* l'affaire s'échauffe , et , malgré cela , le frère Collot-d'Herbois ,
l'un des plus opiniâtres partisans du
sucre et du café , ne craint pas de
dire à ses nombreux antagonistes :

5 *

Air : *J'ai du bon tabac:*

Je prends mon café
Trois fois la semaine,
Je prends mon café
Sans être échauffé ;
Je le prends toujours assez chaud,
Soit à la crème, soit à l'eau :
Je prends mon café
Trois fois la semaine,
Je prends mon café
Sans être échauffé.

On allait faire repentir le préopinant de sa motion indiscrète, lorsque l'attention de l'assemblée fut détournée par des propos aussi graves que ceux du frère Collot.

Un jeune frère, nouvellement initié dans les mystères de la démagogie, et qui craignait de violer les lois de la société en consommant des denrées coloniales, s'adressa modestement à ses augustes confrères, et leur dit :

Air : *O ma tendre musette.*

Messieurs, je vous le jure,
Je renonce au café ;
Mais si, par aventure,
Je me trouve échauffé,
De peur d'être malade,
Ne puis-je, sans éclat,
Prendre une limonade
Ou du sirop d'orgeat ?

Non, non, s'écria une partie de
l'assemblée, cela ne se peut pas !

BAZIRE (*au jeune homme*).

Air : *du serein qui te fait envie.*

Vous n'ignorez pas que pour faire
De ces espèces de boisson,
Une habile limonadière
Avec art se sert de bonbon ;

On a bien de la peine à renoncer
à ses habitudes ; aussi cet imprudent
jeune homme osa-t-il encore demander en tremblant :

Puisque la sucrerie en France,
Messieurs, est proscrite par vous,
Ne puis-je donc, sans imprudence,
Prendre quelque chose de doux?

Non !... non ! cria-t-on de toutes parts : c'est impossible !...

Le président allait répondre avec sa gravité ordinaire, lorsqu'une aimable sœur, en montrant un petit frère qu'elle avait sur ses genoux, adressa ces augustes paroles à l'honorable assemblée :

AIR : *L'amour est un enfant trompeur.*

J'enseigne à mon fils, que voilà,
Les armes, l'écriture ;
Mais quand du journal de Cara
Il fait bien la lecture,
Pour récompenser le bambin,
Pourrai-je mettre sur son pain
Un peu de confiture ?

Bazire, effrayé de la demande in-

constitutionnelle de la chaste sœur,
lui répond gravement :

Même air.

Du sucre ne mangez jamais,
  Notre sénat l'ordonne ;
Nous ne consommons que les mets
  Que la France nous donne ;
Mais on peut aux petits garçons
Permettre les noix, les citrons,
  Et le miel de Narbonne.

Ici la discussion s'anime plus que
jamais. Plusieurs orateurs sont en-
tendus ensemble, et la proscription
s'étend jusqu'aux sirops de vinaigre,
d'orgeat et autres, ratafiats, liqueurs
des îles, dragées, pralines, citrons
confits, marmelades et toute espèce
de confitures, attendu que ces friandises renferment le poison qu'on appelle *sucre ;* et que, d'après ce vice
de leur composition, elles doivent
être exclues du régime de tout bon
citoyen.

Alors ceux dont le patriotisme est tiède, prétendent qu'ils ont juré de ne pas manger de sucre tout cru, et non pas de substances sucrées.

Les autres soutiennent au contraire qu'on ne peut modifier ainsi son serment. Alors les cris, *l'ordre du jour*, *à bas*, *paix là*, font retentir la salle; le président excite ses amis des yeux, en agitant la sonnette de toutes ses forces; mais tous ses *gredin*, *gredin*, *gredin*, ne pouvant rien obtenir..... le président leva la séance.

Nota. C'est sans doute la tête remplie du discours qu'il avait prononcé à ce sujet, que Bazire dit quelque tems après à la tribune de la Convention nationale, où l'on entama une semblable discussion : « Bah ! bah ! qu'avons-nous besoin de nous inquiéter de pareilles minuties..... *S'il ne vient pas de sucre des colonies, il en viendra d'Orléans* ».

~~~~~~~~~~~~~~~~~~~~~~~~~~~~~

EXTRAIT d'une séance de la société-mère, du 17 avril 1792.

La séance s'ouvre, comme à l'ordinaire, par *paix la ! à la porte ! qu'on se taise ! vive la liberté ! silence ! je demande la parole ! assis ! etc. , etc. , etc. ;* enfin, après cette joie convulsive, ce trépignement de pieds et ces hurlemens civiques, Gr...... obtient la parole et dit :

AIR : *Triste raison.*

Lorsque chez nous tout change de figure,
Et que le bien se convertit en mal,
Il faut aussi changer notre coiffure :
Car la coiffure est un point capital.

Comment ! changer notre coiffure, disent une grande partie des membres de l'assemblée, presque tous habitans de Paris. — Voyons ce qu'il va nous chanter. (*Gr..... continue*).

Même air.

Il faut troquer nos chapeaux à trois cornes
Pour des bonnets rouges, sales et gras ;
Comme poudrés nous paraissions trop mornes,
Nous porterons nos cheveux courts et plats.

Chorus.

Nous porterons des cheveux courts et plats.

C'est juste, dit un frère, *courts et plats*, à l'air de notre figure... Bravo!.. bravo !... bis !... bis !.... Le discours de Gr..... est suivi des plus vifs applaudissemens. La majorité de l'assemblée crie : *vive le bonnet rouge !* et fait serment de l'adopter pour coiffure. Quelques membres cependant sont d'un avis contraire. L'habitude de porter des chapeaux, ou peut-être un esprit de contradiction, leur fait préférer cette coiffure. L'ami

Gr..... s'appercevant de ces disposi-
tions peu favorables à sa motion,
reprend la parole, et dit :

Le grave et sublime Aristote,
Ce bel esprit qui jamais ne radote ;
  Dans son chapitre des chapeaux,
  S'il m'en souvient, a dit ces mots
  Qu'avec plaisir je vous répète :
  Dans les tems secs et pluvieux
  Un chapeau couvre bien la tête ;
  Mais un bonnet la couvre mieux.

Aussitôt mille voix demandent les
bonnets, puisqu'il est prouvé qu'Aristote les préfère aux chapeaux.

Sur ces entrefaites, quelques membres de l'assemblée, gagnés par des
chapeliers de Paris, veulent s'oppo-
ser à cette innovation : ils prennent
éloquemment la défense des chapeaux. On leur répond par des injures ; ils persistent dans leur opinion.
On leur crie de se taire, ils se rient

6

de la menace de leurs adversaires,
et n'en font pas moins l'apologie des
chapeaux aux dépens des bonnets de
laine. Au milieu de cette dispute, on
entend le duo suivant :

Les Partisans des chapeaux.

Oui, nous tenons pour les chapeaux ;
Allez, votre fureur est vaine.

Les Partisans des bonnets.

Nous nous moquons de vos propos,
Nous aurons des bonnets de laine.

Les Partisans des chapeaux.

Bonnet de laine est à nos yeux
L'emblême de la servitude.

Les Partisans des bonnets.

Sous un bonnet on garde mieux
D'un peuple libre l'attitude.

La discussion s'engage et se mé-
tamorphose bientôt en un combat qui

menace de devenir terrible. Les frères bonnetiers et les frères chapeliers se prennent aux cheveux et se jettent mutuellement à la tête leurs chapeaux et leurs bonnets, lorsqu'un membre croit pouvoir ramener la paix parmi les deux partis, en leur disant :

Air : *Nous sommes précepteurs d'amour.*

Se battre pour de tels sujets,
N'est pas, messieurs, des plus honnétes :
Laissons nos chapeaux, nos bonnets,
Puisque nous n'avons plus de têtes.

Cette réflexion impertinente mit fin au combat ; mais elle coûta cher à celui qui se l'était permise : on le mit inhumainement à la porte de l'assemblée, au milieu du plus grand tumulte.

Le chef se couvre,
Puis se découvre,
Et se recouvre,

Mais vainement
L'aréopage,
Dans ce tapage,
Saute au visage
Du président.

Enfin, après bien des juremens, des menaces, des coups de poings, le parti des bonnetiers resta vainqueur et imposa pour loi du combat, que les frères chapeliers porteraient des bonnets comme les autres, et qu'ils iraient aux spectacles et dans les lieux publics faire arborer le bonnet rouge à tous les citoyens qu'ils rencontreraient. Ce traité fut signé par tous les membres, et l'on sait quel succès il a obtenu.

~~~~

AVANT le 31 mai, T.... demandait à B.... s'il n'y avait aucun moyen de rapprochement entre la Montagne et les Girondins ? — Aucun, répond celui-ci ; ces gens-là ont des têtes

trop difficiles. — Difficiles, répliqua
T.... Eh bien ! on tranchera *les dif-
ficultés.*

~~~~~

LE 18 juin 1792, Chaumette fit à
la commune la motion de détruire la
machine de Marly, comme étant une
production du plus insolent despotisme.

~~~~~

CE fut le 20 juin que les *Cordeliers*
(1) firent l'essai de leurs forces. Cette
journée n'avait produit qu'une insulte
faite à Louis XVI et à sa famille. On
entendit S......e dire : « Le coup
est manqué, mais nous y revien-
drons ».

~~~~~

*EXTRAIT littéral d'une séance, en
date du 22 juin 1792.*

Un membre demande la parole

_____

(1) Assemblée qui rivalisait le club des
Jacobins.

6 *

pour faire un rapport. *Il y a quelque tems*, dit-il, *que la municipalité de Langres arrêta des chevaux qui lui parurent suspects dans leur marche.*

(On rit. Comment, des chevaux suspects ?)

Ils comparurent devant la municipalité.

(Comment, dit-on, ces chevaux comparurent ?)

L'orateur continue, sans s'appercevoir de sa méprise : *On reconnut par leur interrogatoire....*

L'interrogatoire des chevaux ?

Non, dit l'orateur, *ce sont les conducteurs qui furent interrogés.*

L'assemblée rit beaucoup et passa à l'ordre du jour.

Nota. Il s'est passé dans les mois de juillet, août et septembre 1792 des évènemens dont le caractère ne saurait prêter à la plaisanterie : je les abandonne au burin de l'histoire.

~~~~~

Copie littérale d'un discours prononcé à la tribune de la société de Bruxelles par un membre de celle de Paris, le 8 octobre 1792, époque où les troupes prussiennes occupaient encore la Belgique.

TRÈS-CHERS CONFRÈRES,

« C'est au nom de *la nation* de
» Paris que je viens arranguer *la*
» *nation* de Bruxelles. Or, ces deux
» *nations* ne vont plus faire qu'une
» seule *nation. La nation de mon pays*
» s'est levée toute entière pour sau-
» ver celle de ce pays-ci *et pour la*
» *mettre à sa hauteur.* Il était bien
» tems, mes amis, que vous prissiez
» l'attitude d'un peuple libre : *Ne*
» *prend pas qui veut cette fière attitude;*
» mais un peuple doit la prendre lors-
» qu'il veut *planter* chez lui *l'arbre*

» *de la liberté;* et *l'arbre de la liberté,*
» comme l'a dit un de nos meilleurs
» journalistes, dans son journal qui
» est si beau, *est un arbre qui pousse*
» *en tout pays, mais qu'on ne peut*
» *cultiver qu'avec les droits de l'homme.*
» Je viens donc en députation, moi
» tout seul, pour vous apporter ces
» droits de l'homme qui ont fait le
» bonheur de *notre nation,* et qui
» feront sans doute aussi celui de la
» vôtre. Ils sont fondés, comme cela
» se fait ordinairement, sur cette
» liberté que tout homme libre doit
» chérir, sur l'égalité, la propriété,
» et bien d'autres choses que vous
» verrez par la suite, et que je ne
» veux point vous nommer, afin de
» vous surprendre plus agréable-
» ment ».

DEUXIÈME LIVRE.

~~~~~~~~~~~~~~~~~~~~~~~~~~~~~~~~~~

Une nation en proie à l'anarchie
est une succession livrée au pillage.

~~~~~~~~~~~~~~~~~~~~~~~~~~~~~~~~~~

1

ANERIES
RÉVOLUTIONNAIRES.

~~~~~~

LES SUSPECTS ET LES FÉDÉRALISTES.

EN 1793, le maire de Rémival, canton de ***, reçut la lettre suivante :

« Citoyen ,

» En exécution de la loi du 17 septembre (*style d'esclave*) , tu es averti de désigner et de rassembler sur-le-champ les suspects et les fédéralistes de ta commune. Dans le courant de la journée, l'administrateur nommé à cet effet, ira les prendre pour les conduire à leur destination ».

Les fonctions de maire étaient confiées au bon Mathurin , l'un des plus riches et des plus honnêtes habitans du canton , et qui avait atteint l'âge de soixante ans sans savoir ce que signifiait le mot *suspect* , et encore moins le titre de *fédéraliste* ; mais plein de confiance dans les ordres qui lui étaient prescrits , il assembla sur-le-champ les habitans du village , et leur fit part de la circulaire. « Vous qui savez mieux lire que moi , savez-vous ce que c'est qu'un *suspect* ? — Un suspect , dit Guillot ; mais il me semble que j'connaissons ce titre là.. — C'est sans doute quelque dignité du nouveau régime , dit Thomas. — Certainement , dit Claude , un suspect est un fonctionnaire public. — Oui , oui , c'est ça , dirent tous les convoqués , puisqu'il y a sur la lettre le cachet du département.

En ce cas , dit le maire , nous n'avons pas de tems à perdre , voyons parmi nous ceux qu'ont le pus d' mérite. — Moi j' nomme Bastien, dit l'un. — Et moi Nicolas, dit l'autre. — Moi Jérôme. — Paix ! dit le maire ; de cette manière là on ne s'entend pas ; l'élection qui nous occupe mérite toute notre attention ; et je demande que l'on y procède avec ordre. En conséquence, j'ordonne que l'on fasse chacun un scrutin à sa guise ; qu'on nomme trois personnes seulement, et si le citoyen administrateux n'en trouve pas assez, on en nommera d'autres devant lui. — C'est ça, dirent tous les assistans, en écrivant ou se faisant écrire le nom de ceux qu'ils voulaient nommer. — C'est bien, dit le maire, procédons au dépouillement du scrutin. Ce fut lui, ensuite Claude, son adjoint, et le père la Bombe, vieux invalide, couvert de cicatrices et commandant de la garde nationale du canton, qui réunirent le plus de suffrages.

7

Voilà (dit un membre de l'assemblée qui aurait voulu être nommé),
voilà ce que c'est que les gens en
place, is accaparont toujours emploi
sur emploi. — A bas l'ambitieux, dit
un autre ; on ne voit partout que d'ces
gens là. Et moi j'disons qu'avant de
briguer c't honneur là, faut l'mériter.
— Oui, oui, c'est juste !.... s'écria
une grande partie de l'assemblée, on
ne saurait trop mettre d'honnêtes gens
en place, et à cet égard l'assemblée
peut se glorifier du choix qu'elle vient
de faire.

Mes amis, mes chers concitoyens,
dit le père la Bombe, confus de la
préférence qu'on lui donnait, je voudrais que le titre de suspect fut un
grade militaire, afin de mieux justifier par mon zèle dans le service, la
bonne opinion que vous avez de mes
principes. — Et moi, dit Claude, si
l'emploi de suspect me force à quitter

la commune, je vous prie d'avoir soin de mes enfans : la reconnaissance qu'ils porteront sans doute aux braves gens qui m'ont mis à même de leur procurer plus facilement ce qui leur est nécessaire, en me nommant à cet emploi, me répond de leur docilité. — Remettons les discours de remercîment à la fin de la séance, dit le maire, et continuons nos opérations. Il nous faut actuellement nommer les *fédéralisses;* voyons, y a-t-il queuqu'zun qui soit fédéralisse? — Moi, moi, je le sis, dit Nigaudinet, j'ons été à la fédération de 90. — (*Tous.*) Il a raison. — En ce cas, dit le maire, puisqu'il sait ce que c'est, autant vaut lui qu'un autre. (*Tous.*) — C'est juste, c'est dit; c'est fait, dit le maire....... Grand bruit dans l'assemblée...... Qu'est-ce que c'est? Qu'est-ce que c'est? — C'est le citoyen administrateur. — Combien y a-t-il chez

vous de suspects et de fédéralistes,
demanda ce dernier au maire ? —
Quatre, citoyen. — Quatre.... Rien
que ça ? — Citoyen, je ne savions
pas au juste combien il en fallait
nommer ; et comme notre population
n'est pas bien considérable, nous
nous sommes bornés à ce nombre ;
mais s'il en faut davantage, nous
sommes tous prêts...... — Qu'est-ce
que cela signifie, dit l'administrateur
en colère. Où sont les suspects ? —
Citoyen, j'ons l'honneur d'avoir réuni
le plus de suffrages, ces deux braves
gens ensuite, et pis v'là notre fédéralisse. — Comment, le maire en
est ? — Citoyen, je dois cet honneur
à mes compatriotes, et certainement
je...... — En voilà assez, qu'on se
taise ! Pourquoi n'êtes-vous pas en
prison ? — (*Tous.*) Comment en prison !.... — Le citoyen administrateur
plaisante sans doute, dit Nigaudinet ?

— Nullement ! des traîtres comme vous ne doivent pas avoir d'autre sé-jour. — (*Le maire.*) Il faut du sang-froid ici ; que tout le monde se taise et m'écoute : voyons, citoyen administrateux, entendons-nous, qu'est-ce que des suspects ? — (*L'adminis-trateur*). Ce sont des gens qui..... que..... qu'on soupçonne de.... par-bleu..... d'être suspects...... Enfin , ces gens là déplaisent , et le gouvernement n'en veut pas. — C'est ça , dit un membre , je m'en étais douté. —En ce cas, dit le maire, je ne sommes pas suspects. — Diable , dit le père la Bombe, ni moi non plus. — Mais pour éviter de semblables erreurs , ajoute le maire , pourquoi ne pas nous apprendre la vraie signification de ce mot là. — Je viens de vous dire tout-à-l'heure ce que ce mot là signifiait. — Comment, dit le maire, ce que vous venez de nous dire tout-à-l'heure

7 *

est la signification du mot suspect ?
— Oui, citoyen. — Eh ben! à présent
que vous me l'avez expliqué, je n' le
comprends pas pus qu'auparavant. —
Cela se peut, dit l'administrateur,
mais vous êtes bien heureux d'en être
quittes à si bon marché ; je vois bien
qu'il faut m'en retourner sans emme-
ner ni suspects, ni fédéralistes, et
qu'il faut que je prenne ma revanche
sur quelqu'autre commune, qui four-
nira double contingent.

Tout le monde se retira, les bons
habitans flattés de n'être point suspects, sans cependant savoir ce que
ce mot signifiait, et l'administrateur
occupé de son honorable mission.

━━━

UN membre de la commune de
Paris, soupçonné d'incivisme par ses
collègues, dans une séance de cette
assemblée, s'élance à la tribune, et
fait entendre ces paroles :

« On m'accuse d'incivisme , moi ,
» qui suis le meilleur républicain du
» royaume , moi qui ai voté pour la
» république une et invisible , moi
» qui , ces jours passés , fis une émo-
» tion contre les trente-deux mem-
» bres de la commission des douze ! »

~~~~~~

UN jeune homme veut s'embarquer
à Marseille pour l'Italie. On lui demande son passe-port ; il n'en a point.
— *Il faut cependant que je parte.* —
Adressez-vous , lui dit-on , à la municipalité. — *Messieurs , je voudrais
m'embarquer pour l'Italie.*—Comment
vous nommez-vous ? — *Auguste Frédéric.* — Comment s'appelle votre
père ? — *Georges.* — Etes - vous du
département des Bouches-du-Rhône ?
— *Non , messieurs , je suis de la Tamise.* — Quelle est la profession de
votre père ? — *Souverain...........*

On lui délivre un passe-port : *à M. Frédéric Auguste, fils de M. Georges, du département de la Tamise, et lui souhaite un bon voyage.*

~~~~

CONVERSATION entre un Voyageur et un Comité révolutionnaire de Paris.

LE VOYAGEUR.

Citoyens, je viens vous faire viser mon passe-port, pour continuer ma route.

LE PRÉSIDENT.

Où veux-tu aller ?

LE VOYAGEUR.

A Montauban.

LE PRÉSIDENT.

Montauban....... N'est-ce pas en Hollande ?

UN MEMBRE (*au Président*).

Non, président, tu es dans l'erreur;

Montauban touche aux frontières de
la Suisse, sur les bords du Finistère,
département des Pyrennées.

LE PRÉSIDENT.

Département des Pyrennées ! mais
c'est tout près de la Vendée ça......
Tu vas donc grossir les chouans ?

LE VOYAGEUR.

Non, citoyen, ce n'est pas mon
intention.

LE PRÉSIDENT.

Où es-tu né ?

LE VOYAGEUR.

A Hambourg.

LE PRÉSIDENT.

Quel district ?

LE VOYAGEUR.

Il n'y en a pas.

LE PRÉSIDENT.

Quel département ?

LE VOYAGEUR.

Il n'y en a pas non plus.

LE PRÉSIDENT.

Comment, il n'y a ni district, ni département dans ton canton ?

LE VOYAGEUR.

Non, citoyen ; Hambourg n'est pas en France, et je suis étonné.....

LE PRÉSIDENT.

Comment, tu es étonné...... Tu fais l'insolent, je crois.....

LE VOYAGEUR.

Non citoyen ; mais je ne puis concevoir comment des fonctionnaires publics peuvent avoir si peu....

LE PRÉSIDENT (*en colère*).

Encore !.... Tu ne sais donc pas....

UN MEMBRE.

Citoyen président, je t'invite à porter toute l'attention dont tu es capable aux réponses du demandeur.

LE VOYAGEUR.

Mais, citoyens.....

LE PRÉSIDENT.

Silence !

LE MEMBRE.

Citoyen président, je me résume en te priant d'observer, 1°. que le citoyen nous dit être né à Hambourg, et que je vois sur son ancien passeport né à Quilin ; 2°. qu'il t'en impose ; 3°. qu'il ment......

(*Murmure.*)

LE PRÉSIDENT (*s'assurant du fait*).

Citoyen voyageur, l'observation du préopinant est juste. Qu'as-tu à répondre ?

LE VOYAGEUR.

[Eh ! mon Dieu, rien......

LE PRÉSIDENT.

Où as-tu demeuré pendant ton séjour à Paris ?

LE VOYAGEUR.

Rue St.-Denis.

LE PRÉSIDENT.

Je t'observe que depuis la suppression de la religion , il n'y a plus de saints.

LE VOYAGEUR.

Je demeurais dans la rue Denis....

UN MEMBRE.

Citoyen président , tu n'as pas oublié que depuis l'abolition du droit féodal , on a supprimé le mot *de.*

LE PRÉSIDENT (*d'un ton grave*).

C'est vrai.

LE VOYAGEUR.

En ce cas , citoyens , je demeurais dans la rue *Nis ;* mais je vous observe que si ,vous me supprimez encore ce *nis* là , je n'aurai demeuré nulle part.

UN MEMBRE.

Ce voyageur est un insolent : il abuse des questions que tu lui fais ; je demande qu'on le mette en surveillance , jusqu'à ce qu'il nous soit possible de savoir dans quel pays est situé Hambourg , et que nous soyons assurés que Montauban n'est pas un foyer de contre-révolution.

TOUS LES MEMBRES.

Adopté.

~~~~

MADAME Dufour et sa femme-de-chambre furent arrêtées à Dijon , comme *suspectes ;* elles furent conduites au comité révolutionnaire, par deux ou trois membres de cette exécrable autorité, qui, en posant les scellés, avaient eu la précaution , selon l'usage , de s'emparer de ce qui leur parut bon , comme argent , bijoux , vins , etc. Le président, après avoir

8

fait plusieurs questions à madame Dufour , sur son émigration , sa non-émigration , sa correspondance , ses allées et venues, ses moyens d'existence , ses certificats de civisme , etc. etc. etc. , s'avisa de lui montrer l'étiquette d'une bouteille : « *Comment* » *y a-t-il là-dessus ? — Il y a vin* » *d'Espagne. — Ah ! soutiens encore* » *que tu n'es pas en correspondance* » *avec les Espagnols......* »

~~~~~~

TANDIS que vous êtes en train d'écrire , disait Scœvola , membre de comité révolutionnaire , à ses collègues , mettez-moi votre signature sur ces trois mandats : c'est l'arrestation de trois individus à tête poudrée, que j'ai rencontrés dans un café , et que j'ai coffrés provisoirement , décadi dernier , parce que leur figure m'a paru *suspecte.*

~~~~~~

~~~~~~~~~~~~~~~~~~~~~~~~~~~~~

EXTRAIT d'une séance de la société-mère, le..... 1793.

Un membre monte à la tribune, et dit :

CITOYENS,

Depuis quelque tems la marche révolutionnaire semble être entravée par la justice et ses formes minutieuses et tyranniques. La grande nation nous reproche notre tolérance et notre douceur. Comment se fait-il en effet, que nous qui découvrions autrefois une conspiration tous les jours, nous n'en découvrions maintenant qu'une toutes les décades, dans la crainte d'être traduits devant les tribunaux comme faux dénonciateurs ! Qu'est devenu cet amour du bien public, ce feu sacré qui remplissait nos cœurs, enflammait nos ames, et qui nous a mérité depuis plusieurs années le titre de sauveurs de la patrie !

Mes frères, de tous les signes de contre-révolution et de ralliment anciens et modernes que notre surveillance infatigable nous a fait découvrir jusqu'ici, il n'en est point de plus frappant, de plus dangereux que la kirielle détestable des *Pater* et des *Ave Maria*, que par toute la république les aristocrates et les modérés récitent jusques sous le dôme même des guerriers mutilés dans les combats entrepris pour la liberté. Il n'en est point qui mérite plus votre animadversion, que le chapelet et son rosaire......! Citoyens, prêtez-moi toute votre attention : je commence par la première phrase : *Notre père, qui êtes dans les cieux, que votre nom soit sanctifié.* Ne sentez-vous pas dans ces paroles cette vanité ridicule des

castes nobiliaires, qui plaçaient jusques dans les cieux la tige de leurs
pères ; qui ne reconnaissaient au-
dessus d'elles que Dieu et le roi ; cet
orgueil des Castor et Pollux, qui se
disaient sortis de la cuisse de Jupiter,
ou cette forfanterie de la famille de
Lévi, qui se faisait descendre de la
tribu de Lévi dont était née la Vierge ?
Vous remarquez cet attachement féodal à l'orgueil des noms !.... *Que votre
nom soit sanctifié !* mais suivez-moi :
Que votre règne arrive ! Peut-on faire
un plus grand outrage à la république ;
est-il desir plus évidemment mani-
feste de voir renaître la royauté avec
tous ses attributs, avec sa noblesse,
son clergé, etc. ? *Votre volonté soit
faite en la terre comme au ciel !* Le
pur amour du despotisme peut-il se
montrer plus à nud, avec moins de
pudeur ? Là, je vous le demande ;
mettre, sans restriction, la volonté

8 *

d'un seul à la place de la volonté de
tous , à la place de la loi et de l'égalité !...... *Donnez - nous aujourd'hui
notre pain quotidien.* Desir bien for-
mel d'accaparer la denrée la plus
nécessaire, le pain des sans-culottes !
Donne-t-on à qui que ce soit le pain
de chaque jour , sans carte de sec-
tions , et n'est-ce pas là un mépris
bien prononcé du gouvernement révolutionnaire dans ses mesures sages
et prudentes ? *Pardonnez - nous nos
péchés comme nous les pardonnons à
ceux qui nous ont offensés.* Pur modé-
rantisme ! cri d'amnistie ! Indulgens ,
qui demandent qu'on ouvre les dix
milles bastilles de France aux suspects qui ont des cheveux poudrés ,
des bottes pointues, des habits de drap
fin; qui ont des trèfles aux aiguilles
de leurs pendules ou des fleurs de
lys sur les plaques de leurs cheminées.
Et ne nous induisez point en tentation.

De quelle tentation veut-on ici parler ? celle d'adopter la liberté, l'égalité, la république indivisible ! vraiment les aristocrates n'ont pas de tentation plus grande à combattre. *Mais délivrez-nous du mal.* Ah ! sans doute, c'est pour eux un grand mal que l'abolition des privilèges, des marquisats, des baronnies, des reliefs et des chaperons ! cela parle tout seul..... *Ainsi soit-il !* Le voilà donc enfin, nous le touchons, nous le serrons ; il ne nous échappera pas ce mot d'ordre des conspirateurs, leur cri de guerre, ce signe évident de conjuration, ce fameux *ainsi soit-il !*.. Que veut-il dire autre chose, sinon, disparaissez déclaration des droits de l'homme, liberté, égalité, politique ; c'est-à-dire, toute la constitution républicaine !.... *Arrive le règne d'un homme, que sa volonté soit faite, qu'il soit notre guide !*.... Ne vaut-il pas autant crier *vive le roi*, que de dire cet *ainsi soit-il* ? Et d'ailleurs encore, qu'est-ce que c'est que *délivrez-nous du mal* ? Cela ne veut-il pas dire, dans le sens des aristocrates, délivrez-nous de la convention nationale, des armées républicaines, de la surveillance des jacobins, du comité de salut public, etc. etc. Mes frères, je vous le dis, toute la contre-révolution est là, toutes les factions de Pitt et Cobourg, des Brissotins, des Girondins, des Fédéralistes, des Rolandistes, des allarmistes et des modérés, puisque tout cela vient se confondre dans les indulgens ; et que ceux-là sont bien indulgens ou bien coupables, qui demandent qu'on leur *pardonne leurs péchés comme ils les pardonnent eux-mêmes à ceux qui les ont offensés*. (Applaudissemens universels).

Je demande donc qu'il soit fait

incessamment une adresse à la Convention nationale pour lui dénoncer cette nouvelle faction de *paternistes ;* que ladite adresse soit signée en nom....... (on crie de toutes parts : *En masse , portée en masse : point de signatures individuelles* !) Applaudi.

Un membre observe qu'une masse est collective (*huées*).

Un autre. Je demande qu'on nomme des commissaires. (*Murmures.*)

Un autre. Des commissaires supposent une représentation collective : ils ne peuvent parler qu'en leur propre nom , et non en celui de la société. Ainsi je demande que nous aillons en masse en députation à la Convention nationale , et que cette députation rende compte de sa mission dans un prochain comité.

Plusieurs voix à la fois. Oui ! oui ! en masse , en masse !.... Arrêté.

~~~~~~~~~~~~~~~~~~~~~~~~~~~~~~~

SÉANCE de la société-mère, le......
1793.

Deux citoyens, décorés du bonnet rouge, paraissent à la tribune. Nous déposons sur le bureau, disent-ils, une adresse de nos frères d'Arras, et nous prions un des secrétaires d'en faire la lecture.

(*Un secrétaire lit*).

« Frères et amis,

» Notre commune est encore la
» montagne du Nord, et l'auguste
» sanctuaire du sans-culotisme. Com-
» me mesure révolutionnaire nous
» avons destitué les membres de l'ad=
» ministration centrale, et nous leur
» avons donné pour successeurs des

» b...... à poil (*rires et bruyans ap-*
» *plaudissemens*) qui n'iront qu'au
» pas de charge contre les royalistes
» et les constitutionnels. La simplicité
» tiendra lieu de talent à ces bons
» sans-culottes. Un d'eux, que nous
» députons vers vous (*il salue*), ne
» sait pas même signer son nom ; mais
» sa parole lui tiendra lieu de para-
» phe, attendu qu'il ne veut pas
» avilir son patriotisme en faisant
» une croix. (*Nouveaux applaudisse-*
» *mens, nouvelles salutations de la*
» *part du nouvel élu*). Ces adminis-
» trateurs, peu versés dans la car-
» rière qu'ils vont parcourir, pour-
» ront, il est vrai, commettre quel-
» ques erreurs ; mais ils ne pécheront
» jamais que par l'enthousiasme de
» l'égalité. Ils viennent de commen-
» cer l'exercice de leurs fonctions par
» un éclatant hommage aux principes
» de la démocratie, en déclarant

» nulles toutes ventes de domaines
» nationaux excédant *trois arpens* ».

La société arrête à l'unanimité l'impression de cette adresse, l'envoi à toutes les sociétés affiliées; et les députés d'Arras reçoivent l'accolade fraternelle de la part du président.

D***. Ne nous bornons pas à de simples applaudissemens : cette adresse doit servir de véhicule révolutionnaire pour porter sur tous les points de la République les principes de la sainte égalité.

Oui, s'écrie F***, il est tems de venger les outrages dont les acquéreurs de biens nationaux se rendent depuis long-tems coupables envers les patriotes.

C***. Les biens nationaux, frères et amis, sont le gage sacré de notre révolution ; aussi le royalisme a-t-il toujours conspiré pour affaiblir ce gage......

T***. Je dénonce le préopinant comme un acquéreur de biens nationaux, comme ayant par ses enchères fait porter les adjudications à un prix auquel ne pouvait atteindre le sans-culotte. Est-il digne de siéger sur le sommet de la montagne ? Non ! aussi je demande qu'il soit exclu du sein de cette société.... — Appuyé, appuyé. (*C*** sort de l'assemblée.*)

H***. Ne perdons pas de vue la proposition de faire annuller par la Convention nationale toutes les ventes de biens nationaux, d'après le mode adopté par le département du Pas-de-Calais....Abordons enfin la grande question de la *loi agraire.*

P***. L'honorable membre a raison. Une révolution ne doit être qu'une rotation universelle dans tous les élémens sociaux. Voilà ce que nous avons ignoré jusqu'ici : nous avons toujours capitulé honteusement

avec les principes. Les riches ne lo-
gent-ils pas encore dans leurs palais
dorés, et les pauvres ne végètent-ils
pas dans leurs trop modestes chaumières? L'autorité n'est-elle pas entre
les mains de la minorité, tandis que
la majorité est toujours réduite à
l'obéissance ?.... Sans-culottes, puisque vous avez fait une révolution,
qu'elle soit donc entièrement votre
domaine : il faut que vous deveniez
propriétaires, et que les propriétaires
deviennent sans-culottes ; il faut que
l'ignorance vertueuse soit un titre
pour les magistratures. (*Les députés
d'Arras saluent*). Assez long - tems
les talens, toujours conspirateurs,
en ont fait leur partage exclusif. Rome
arrachait à la charrue ses dictateurs ;
et la France doit chercher sous le
chaume ses magistrats suprêmes......
Je demande donc que vous chargiez
une commission de régulariser l'exé-

cution de ces principes de la véritable égalité.

J***. Je conviens avec les préopinans qu'une entière égalité est le symbole de la démocratie ; mais vous savez avec quel acharnement nos ennemis s'obstinent à nous accuser d'exagération : combattons - les par une sage modération.

Une voix s'écrie : on a tué la liberté avec la modération ; ainsi, que cette infame expression ne se fasse plus entendre à cette tribune. — Appuyé, appuyé !....

*J*** continue*. Non, je ne suis pas modéré ; mais, je le répète, par une temporisation prudente, il faut laisser mûrir l'opinion. Contentons-nous donc provisoirement d'étendre la proposition aux domaines patrimoniaux, et provoquons une loi qui déclare en principe, que toute propriété territoriale, quelque soit son origine, ne

pourra excéder six arpens : il ne fant
pas tout-à-fait dépouiller les propriétaires. (*Applaudissemens de huit
minutes*). Mes amis, reprend l'orateur, vous savez que je suis riche,
et que ma richesse est le patrimoine
de l'orphelin. Je possède en proprié-
tés territoriales 280 arpens ; mais
des raisons d'intérêt public, que
je dois taire à cette tribune, me rendent nécessaire toute cette propriété ;
et je détaillerai mes motifs à votre
commission secrette.

D***. Charmes puissans de la sainte
égalité, vous dominez toutes les af-
fections de mon ame ! et l'opulence,
mes frères, est pour moi le fardeau
de la misère ! Que ne puis-je déposer
à cette tribune les titres des 40,000 l.
de rente dont la fortune m'afflige !
mais il faut encore que je me livre
aux soucis de la richesse pour le bien
de ma patrie. Vous savez que c'est à

mes frais que les exemplaires de la constitution de 93 ont circulé avec profusion dans les départemens ; que c'est moi qui contribue le plus aux honoraires de nos respectables frères et sœurs qui décorent nos tribunes ; vous savez......

S***. (*Interrompant l'orateur*). Mes frères , épargnons la modestie des préopinans. Oui , qu'ils soient riches , l'intérêt des sans - culottes l'exige. Aussi je demande que la loi que vous voulez provoquer puisse recevoir les modifications qui seront jugées né-cessaires par notre commission se-crète. Appuyé, appuyé. La proposi-tion est adoptée avec cet amendement.

Personne n'ayant plus rien à pro-poser pour le bien public , la séance est levée.

~~~~~~~~~~~~~~~~~~~~~~~~~~~~~~~~~~

PROCÈS-VERBAL d'une séance d'assemblée populaire de section.

QU'ON se figure dans une salle assez vaste trois marmitons ; quatre perruquiers , cinq savetiers , neuf autres braillards , sept à huit de leurs femmes, et l'on aura sous les yeux un tableau fidèle de cette société.

Sur un fauteuil fameux par ses services , car il tombe en lambeaux , s'élève un cuistre majestueux , revêtu du nom de président. Entre ses mains retentit une sonnette louée à crédit un sou par séance à un de ces coureurs publics qui avertissent de balayer les rues......

Gredin , gredin...... La séance est ouverte (*silence de cinq minutes*) ; gredin...... gredin...... la séance est ouverte (*silence de sept minutes*).

Alors le président crie de toutes ses forces : Est-ce que vous êtes sourds donc ? Vous êtes là comme des bûches de bois. Enfin la pitié saisit un membre des tribunes ; il demande la parole ; elle lui est accordée. Citoyens, dit l'orateur avec emphase, gn'y a pas d'plaisir à ête patriote ; on a beau l'dire ; on n'vous croit pus. (*tumulte*)......

Un membre. La liberté est libre, laissez parler ct'homme.

Bravo ! bravo ! (*l'orateur continue*) la liberté est enchaînée par les royaliss......... (*Ici un nuage de fumée s'élève : trois gaillards dans un coin font aller leurs pipes*).

Citoyens, dit le président, gn'y a pas d'décence dans vos pipes ; d'ailleurs ça abîme la salle.

Un des fumeurs. C'n'est pas l'pérou que ta salle......

A l'ordre ! à l'ordre ! (*tumulte.*)

Les *B.*, les *F.* volent de toutes parts, les femmes crient ; le président veut se couvrir, mais, par malheur, il n'a pas de chapeau....... Vîte, vîte donc, un chapeau pour me couvrir... Trois membres seulement ont des chapeaux, mais ils refusent de les prêter, de peur de les voir gâtés ou *peuplés*. Enfin un savetier, qui est secrétaire, orne de son bonnet crasseux la tête grasse du président. Mais le tumulte ne cesse pas..... Plusieurs citoyens observent que le président doit avoir un chapeau sur la tête, et non un bonnet......

Le président. Queu chicane : c'est tout d'même, un chapeau ou un bonnet sur ma tête..... de laine.

Plusieurs voix. Oh ! q'non, c'n'est pas tout de d'même ; faut q'tout s'fasse en règle.

Bah ! bah ! s'écrie le président, c'est une bétise..... Taisez-vous !.....

(et les tribunes et les membres se tai-sent........ parce qu'ils attendent autre chose de plus important).

Un membre. Président , j'te demande la parole....... J'savons ben qu'Pitt et Cobourg veulent nous renverser ; mais c'est égal , not' société s'moque de toutes leux manigances ; j'dénonce comme un agent de Pitt et Cobourg not' secrétaire , qui n'a pas lu le procès-verbal de l'aut'jour.

Le secrétaire. Ah ça! pas de sottises , Cobourg toi-même , entends-tu ? Si j'nai pas lu l'procès-verbal , c'est qui gny a une raison simple : y n'est pas fait l'procès-verbal ; j'l'ai donné à écrire à ma cousine la cuisinière ; mais elle n'a pas eu le tems de l'finir , parce qu'elle a été à la queue pour le lard..... (1).

_____

(1) Le peuple de Paris était obligé d'aller se placer *à la queue* à la porte de chaque

Quelques voix. La question *préfé-rable* !

Le président. Préférable : ce n'est pas ça ; on dit *préarlabe.*

D'après ces observations, l'assemblée adopte la question *préarlabe.*

Une femme des tribunes inférieures. Ah ça ! dites donc, vous là haut, n'crachez donc pas sur l'monde...... (*long tapage*).

Le président. Citoyens, ous qu'y gnia du désordre, gn'y a pas d'ordre ; c'n'est que dans le calme paisible qu'on peut délibérer tranquillement : j'invite les citoyennes plus hautes à ne pas cracher sur les patriotes plus basses : ce sont d'ces p'tits égards qu'on se doit réciprochement. (*Vifs applaudissemens*).

---

boulanger, boucher ou charcutier, afin d'obtenir, par le moyen d'une carte, la ration que son comité, dit *de bienfaisance,* jugeait à propos de lui accorder.

Un membre. Citoyen président, les femmes ont juré de troubler aujourd'hui notre séance : plusieurs d'entre-elles sont placées à la porte de la salle, afin d'obstruer le passage.

Le président. Je demande que les citoyennes s'écartent, pour laisser entrer les membres.

Le président fait ens ↄ aller sa sonnette ; et un ami demande la parole. Il tire de sa poche une brochure *terriblement patriotique.* Il en eppelle quatre ou cinq pages, et il est interrompu par un accident aussi fâcheux qu'imprévu.

Il est bon de prévenir nos lecteurs que cette salle n'était éclairée que par un seul quinquet. Tout-à-coup,

. . . . : Cette lampe fatale,
Qui verse en s'épuisant sa lumière inégale,

meurt faute de subsistance. L'assemblée est dans la plus grande agitation : il s'ouvre une discussion *ténébreuse ;*

plusieurs membres pensent que cette extinction a été machinée par le pays de l'étranger ; d'autres veulent qu'avant de remonter aux causes, on s'occupe du remède, et que tout soit renvoyé au comité des inspecteurs de la salle, pour faire un prompt rapport.

Un membre de ce comité, après s'être quelque tems gratté le front, monte à la tribune, et dit :

Citoyens...... not'lampe n'se s'rait pat éteinte, s'il y avait eu de l'huile dedans ; il y aurait eu d'l'huile dedans, si on en avait acheté ; on en aurait acheté, s'il y avait eu d'l'argent dans la caisse ; il y aurait d'l'argent dans la caisse, si not' société s'laissait corrompre par les piastres d'Londes et les guinées de Madrid. (*Trépignement d'admiration.*)

Je m'résume à vous proposer l'arrêté suivant :

La société, considérant qu'sa lampe s'est éteinte faute d'huile ; que l'moyen qu'alle ne s'éteigne plus, c'est d'acheter d'l'huile ; que l'moyen d'acheter d'l'huile, c'est d'avoir de d'quoi ; que l'moyen d'avoir de d'quoi, c'est qu'on en donne, arrête :

Tous ceux qui que ce soit, quiconque voudra êt' memb'e et de la société, s'ra t'nu d'met' à la grenouille une somme de *deux sols en numéraire.*

On applaudit vivement en criant : aux voix !

Un membre demande qu'on retranche les mots *en numéraire,* qui pourraient donner du discrédit aux assignats.

Un autre observe que deux sous ne suffiront pas ; il demande qu'on en mette trois..... (*Murmures*). A bas le muscadin, lui crie-t-on.....

Après une vive discussion, le pro-

jet est adopté purement et simple-
ment.

Le silence règne pendant dix minutes.

Dans ce moment un grand bruit se
fait entendre à la porte. Un militaire
entre furieux, s'empare de la tribune
et dit : J'arrive de l'armée, et j'apprends que ma femme a été mise en
arrestation comme suspecte !.... je
voudrais connaître le b..... qui s'est
permis de signer son mandat d'arrêt !..

(*Murmures.*)

Le président. Silence , la parole est
à l'orateur.

(*L'orateur continue.*) Je veux qu'on
me rende ma femme : il est impossible qu'elle se soit rendue coupable
d'incivisme. Je sais que pour à l'égard
de ce qu'est de la rubrique , alle en
a plus que moi, qu'en un mot alle
est plus profonde ; mais elle est connue depuis long-tems par les amis

sans-culottes, et aucun ne lui reproche d'avoir renoncé à l'honneur où ce qu'elle est née.

Plusieurs membres. Nous la connaissons tous, et nous sommes fâchés de ne plus la voir.

Le réclamant. Vous l'entendez ?

Le président. J'ignore quels sont les motifs qui ont pu mettre la femme du citoyen à l'étroit. Je fais donc l'émotion qu'on lui envoie un membre de la société avec un titre pour s'introduire, et procéder à l'élargissement s'il y a lieu.

Plusieurs briguent l'honneur d'une pareille mission : d'autres prétendent qu'un membre ne suffit pas. Il s'élève une grande discussion à ce sujet. On demande le scrutin ; mais au dépouillement chaque membre s'étant porté, le président lève la difficulté, en annonçant qu'il se chargera lui-même de cette affaire importante ; après quoi il dit avec la dignité qui lui est própre : Qu'est-ce qui veut la parole ?..... (*Personne ne répond*).

Le président. Une fois, deux fois, personne n'veut la parole..... Je vous avertis d'abord que j'vais lever la siance.

Oh que non ! dit un membre, tu n'leveras pas la siance ; j'veux parler. (*Murmures*).....

Plusieurs voix. Non ! non !

Le membre. Vous ne voulez pas m'écouter, eh bien, je m'évacue....

Silence, crie le président ; respectons les opinions.

Le membre. C'est ça président ; c'est ça, mon homme ; prête-moi la parole, j'te la rendrai.

Le président. C'est dit j'te la prête ; mais si tu bivaque comme l'autre advans hier, j'te la raute.

Le membre. C'est bon, c'est bon. J'ai demandé la parole pour un fait qui n'a pas de rapport avec ce que je vais vous dire.

Le président. Parle , parle , puisque c'est comme ça.

Le membre. J'annonce à l'assem-blée..... (*On se mouche*). A bas les mouchards , l'scellé sur les nez.....

J'annonce à l'assemblée que deux sociétés populaires demandent votre *affigniation*......... Ah ! ah ! ah ! ah ! s'écrie-t-on , c'est y possibe ? Deux sociétés *affignées* !.......

La joie transporte tous les socié-taires. Pendant plus d'un quart-d'heure ils ne savent où ils en sont ; enfin , quand le premier élan est un peu appaisé , on demande le nom de ces deux sociétés.....

L'orateur. Vot' joie va bien redou-bler ; c'est la société d'*Anières* et celle de *Montmartre.*

Nouveaux transports , nouveaux cris de joie de la part de toute l'as-semblée.

Un membre qui n'avait encore rien

10 *

dit. Je me résume et je demande par amendement que les députations qui nous apportent cette nouvelle soient admises aux honneurs de la séance.

Tout le monde. Oui, oui, oui!...

Le président. Je suis aussi de cet avis. La présence de ces dignes missionnaires ne peut que nous honorer. Qu'on les introduise avec toute la cérémonie dont nous sommes capables, et qu'on leux accorde les honneurs de la siance. La siance est levée.

~~~~~

ON avait placé dans la commune de...... des dépôts de cavalerie et de charrois. Les chevaux que l'on voyait continuellement courir dans les rues pour se rendre à l'abreuvoir public, en écartaient ceux des habitans, qui s'en plaignirent à la municipalité, laquelle, après avoir ordonné que les militaires mèneraient leurs chevaux boire à la rivière, fit placer cet écriteau à l'abreuvoir : *Abreuvoir de la municipalité.*

~~~~~

DANS le tems où quelques hommes changeaient de nom, pour prendre celui de Romulus, de Brutus, de Scœvola, de Fabricius, Publicola, etc., un membre de la section des Thuileries disait à la tribune : Et moi aussi je veux prendre un nom romain, afin que l'on ne doute plus de mon patriotisse ; je veux m'appeler comme celui qui mit le feu dans la commune de Rome pour faire brûler les aristocrates, et qui manquit d'être la victime d'*Epicharis* et de *Pijeon*..... celui..... parbleu, aidez-moi donc.... celui.... qui..... pardienne, vous n'en connaissez pas d'autre, celui qui n'avait pas comme qui dirait un nez pointu..... — Que t'es bête, lui dit un collègue, c'est *nez-ron.* — Oui, c'est ça, je me baptise *nez-ron.*

A cette époque, Philippe d'Orléans déclara à sa municipalité que le nom qu'il avait porté jusqu'à ce jour n'était pas le sien ; qu'il était fils d'un cocher de sa mère, et qu'il se nommait *Egalité.*

On fit à ce sujet le couplet suivant :

AIR : *De Figaro.*

Chacun sait la tendre mère
Dont Philippe tient le jour :
Tout le reste est un mystère,
C'est le secret de l'amour ;
Ce secret met en lumière
Comment *le fils* d'un Bourbon
Déshonore un si beau nom.

~~~~~

M. de *** venait de Versailles à Paris, seul dans une voiture à quatre places : il était en habit du matin, c'est-à-dire, qu'il portait une méchante redingote, et avait des pantoufles au lieu de souliers. On arrête sa voiture à Sévres ; on se saisit de sa personne, on le traîne devant un comité, et il s'établit l'interrogatoire suivant :

« D'où venez-vous ? — De Versailles. — Où allez-vous ? — A Paris. — Qu'allez-vous y faire ? — Acheter une anglaise. — Vous avez des pantoufles. — Je ne le saurais nier. — Pourquoi voyagez-vous en pantoufles? — Pour les user ; et d'ailleurs elles me tiennent les pieds plus chauds que des souliers. — Vous venez de dire que vous alliez à Paris. — Je le répète. — Nous vous faisons observer qu'on ne va point sur le pavé de Paris avec des pantoufles. — Dans un pays libre, je puis marcher sur le pavé avec la chaussure qui me convient le mieux. — Vous venez de dire que vous alliez à Paris pour acheter une anglaise. — Je le répète. — Nous vous faisons observer que si cela était vous ne voyageriez pas seul dans une voiture à quatre places, parce que cette manière de voyager renchérirait trop l'anglaise. — Ce sera mon affaire d'avoir l'anglaise au meilleur compte possible ».

D'après cet interrogatoire, M. de *** fut atteint et convaincu d'être suspect ; on l'envoya sous bonne et sûre garde aux Récollets de Versailles. On articula en toutes lettres dans son écrou, pour uniques motifs de son arrestation : Suspect parce qu'il voyageait en pantoufles, seul dans une voiture à quatre places. Si l'histoire nous eut conservé les registres des bastilles de Rome, du tems de Catilina, nous n'y trouverions pas un écrou plus bizarre. Heureusement M. de *** recouvra sa liberté après le supplice de l'antropophage Robespierre.

A bas les istocrates !.....

ON afficha en 1793 la tragédie de *Jean Sans-Terre*. Quelques patriotes du faubourg St.-Antoine, croyant qu'on voulait jouer le général *San-terre*, arrachèrent toutes les affiches et se portèrent en masse au théâtre de la République. On parvint à les appaiser en leur donnant les premières places ; mais l'on ne put en être maître, lorsque *Sans-Terre* dit au tyran :

Tu crois m'intimider en découvrant ma bière.

Je l'avais bien dit, s'écria un d'entre eux ! à bas !.... à bas !.... à bas les muscadins ! (On baissa la toile).

~~~~~

SUR la porte d'un comité révolutionnaire on lisait ces mots : *Ici l'on s'honore du titre de citoyen, et l'on se tutoie : Fermez la porte s'il vous plait.*

LA veille d'une grande fête, on s'occupait des prix de la course. Que donnerons-nous, dit un fonctionnaire, au vainqueur à cheval ? — Parbleu, répondit-on, il faut donner l'un des plus beaux chevaux que nous avons mis en réquisition. — Et pour celui qui remportera le prix à pied ? — Que t'es bête ! Peut-on faire une demande pareille ! tu vois bien, imbécille, que si l'on donne un cheval au premier, il faut donner une paire de souliers au second.

~~~~~

A cette même époque, et en pareille circonstance, on refusa de donner le prix à celui qui le remporta à cheval, attendu que son coursier était supposé de race anglaise. L'affaire fut ainsi jugée sur le *champ....* Considérant que le cheval vainqueur nous paraît *suspect*, et qu'il pourrait se faire qu'il fut à la solde de Pitt et de Cobourg, ordonnons que son mouteur en fera de suite constater l'état civil et produira un certificat de résidence depuis le 14 juillet (style de tyran), qui prouve la non-émigration.

Signé, E. B. T.

~~~~~

LA horde qui se rassemblait autrefois au théâtre des Délassemens ayant trouvé ce spectacle fermé, fut s'installer en masse au théâtre Sans-Prétention. On y donnait *Cinna*; mais ces messieurs, croyant qu'on voulait jouer un de leurs complices dans chaque rôle de conjuré, se mirent à crier : *A bas ! à bas l'auteur ! à la guillotine !*...... Alors un acteur s'avança et dit : *Citoyens*, l'auteur n'est point coupable ; c'est un nommé *Corneille*, mort il y a cent ans......

11

— Eh bien, s'il est mort, nous n'avons que faire de ses pièces, s'écria un citoyen en bonnet rouge ; pourquoi ne pas nous donner Charles IX ? l'auteur de cette pièce se porte bien, lui, parlez-moi de ça. Aussitôt tous *les amis* demandèrent à grands cris : *Charles IX ! Charles IX !* Les acteurs se virent forcés de jouer la pièce patriotique, et se promirent bien de ne plus se mettre du Corneille dans la tête.

~~~~~

UN membre de comité révolutionnaire, allant poser les scellés (1) chez un curé de village, pour allonger son procès-verbal, disait : nous étant mis en chemin avec notre confrère, pour

_____

(1) L'histoire rapporte qu'en 1793 ces dignes soutiens de la République mettaient les scellés avec leurs pouces, et les levaient avec leurs ongles.

faire la présente exécution , j'avons
passé devant la porte d'une église ,
où ce que nous sommes entrés , et où
ce que nous avons entendu chanter
un *De Profundis* , dont la teneur suit :
(Il inséra dans son procès-verbal le
psaume tout au long) ; après quoi ,
au nom de la liberté , nous nous
sommes emparés du prêtre , que nous
avons conduit en surveillance dans
notre maison d'arrêt.

~~~~

IL a été enregistré , en 1793 , un
procès - verbal d'inventaire fait par
deux membres de comité , et dont
voici un extrait :

Plux j'avont trouvés vin père de
soulié neufs ; et a tendu que mon
cónfraire et moy n'en avious pus dans
nos pied , et qu'il nous en fallait pour
continuer naux o péraciont , jean
avont pris deux père et j'avont mis

les notre en plasse , lesquels nous estimons à vingt sols , etc. etc.

Nota. J'atteste que ce fait est vrai : j'ai vu le procès-verbal.

～～～

Extrait *d'un procès-verbal dressé par trois membres d'un comité révolutionnaire de Lille.*

LE quintidi *bétrave* , (1) genoux somme trans porter chaise le dy Ro-

---

(1) A cette époque où les noms des mois étaient changés en *vendémiaire* , etc. , les semaines étaient métamorphosées en *décades* , dont les jours étaient : *primidi , duodi , tridi , quartidi , quintidi , sextidi , septidi , octodi , nonodi* et *décadi ;* et l'on avait fait disparaître tous les saints du calendrier , que l'on avait remplacés par des noms de plantes , de légumes , de volaille , et instrumens aratoires ; ainsi l'on disait : primidi *betterave* , duodi *dindon* , tridi *charrue* , etc. etc.

bert a léfet de vérifiére les sellés que nous avont trouver telle quille étaite. An suite de quoi nous avont fait monté la servante par l'un de nos colléques où étant. Et après avoire vérifiés ses pièces , nous l'avons trouvé en règle.

En foi de quoi nous avont dressé le présant procès-verballe , et avons fait seigner la ditte servante , qui a déclarée ne savoirc.

~~~~~~

DEUX fonctionnaires publics de Sainte-Ménéhould reçurent l'ordre de s'assurer de la personne de M. ***, qu'ils rencontrèrent , après bien des recherches , à table chez un restaurateur : ils l'arrêtèrent au nom de la liberté , et dressèrent un procès-verbal dont voici à-peu-près la substance :

« Aussitaux lhorde arrivai, genoux

» some mys en marches dans la com-
» mune, et je some par venu adé cou-
» vrir que le citoyen *** devais alé
» diné cheux un restaurateux ous
» quon lui préparait des pieds de
» cochon. Je navont pas perdus la
» taite , je some allés encore faire
» un tour dan *Sainte-Ménéhould*, puis
» après je some revenu cheux le res-
» taurateux ous que javont trouvé not
» home manjeant les pieds à la dite
» *Sainte*, etc., etc. »

UN membre de comité révolutionnaire , procédant à un inventaire , disait : *item*, un vieux banc sur lequel
je suis assis avec le citoyen greffier,
mon collègue , le *tout* ne valant pas
la peine d'être inventorié.

UN de ces messieurs étant allé poser les scellés dans une maison de

campagne, un ami lui demanda comment il avait été reçu : « A merveille, répondit-il, on m'a voulu faire manger ». (On avait lâché deux gros chiens sur lui).

~~~~~~~

UN éloquent orateur de comité révolutionnaire, en parlant d'un nègre affranchi, le désignait sous le nom de *ci-devant noir.*

~~~~~~~

UN brasseur du faubourg Saint-Denis avait pris pour enseigne, Mars parlant à des ouvriers. Au-dessous était écrit : *Le dieu Mars vous recommande de faire de bonne bière pour rafraîchir ses troupes.* Lorsque l'on changea les noms des mois, au lieu du dieu Mars, il mit *le dieu Germinal.*

~~~~~~~

L'IMMORTEL *Marat* avait une maîtresse très - grande, qu'il nommait

Victoire: elle lui fut enlevée ; mais il trouva le moyen de la *r'avoir*. Un jour il entendit un colporteur crier : *Voilà la grande victoire remportée.....* Comment ! encore... Il fit courir après ce malheureux, qui aurait été sa victime, si *Victoire* ne se fût retrouvée.

~~~~~

LE député *Maure* avait fait écrire sur son magasin d'épicerie à Auxerre :

Maure, représentant du peuple-épicier-confiseur.

Ce digne soutient de l'état fut dénoncé, sur ce que chaque représentant jouissant du contre-seing à la poste, il en abusait afin d'envoyer tous les jours sa distribution chez lui, pour faire des cornets.

~~~~~

SUR le mur du corps-de-garde de la barrière d'Enfer, on lit encore ces

mots : *Barrière d'Enfer*, et plus bas :
Entrée de Paris.

~~~~~

UNE loi ayant ordonné d'effacer
tous les noms de saints exposés aux
regards du public, un marchand, qui
était connu sous l'enseigne de *Saint-
Jean-Baptiste*, fit peindre, en place
du bienheureux, un singe enveloppé
de batiste, avec ces mots : *Au singe
en batiste.*

Dans ce même tems, les personnes
qui avaient affaire dans la rue Sainte-
Barbe étaient obligées de demander
la *rue Barbe;* on les envoyait souvent
chez l'apothicaire.

~~~~~

Changement de domicile.

L'APOTHICAIRE *Nez-Flérant*, qui
demeurait dans la *rue Barbe*, et qui,
par suite, est allé s'établir rue *Anne*,

butte *Roch*, au lieu de prendre un logement à *Cloud*, comme on l'avait annoncé, demeure, au contraire, à *Ouen*, et tient toujours un dépôt de ses remèdes à *Maur*.

~~~~

.RIEN de plus ridicule que les changemens qu'éprouvèrent plusieurs mots de notre langue : le mot de citoyen, par exemple, était tellement *recherché*, qu'une marchande de fruit aurait cru encourir le blâme, si elle avait crié : *Prunes de monsieur ;* elle disait *prunes de citoyen*, comme elle disait *prunes de Glaude*, au lieu de *prunes de Reine-Claude*.

~~~~

UN homme chargé de fournir des culottes de peau à un corps d'officiers de cavalerie, poussa un jour l'ignorance et la lâcheté jusques à dire dans un de ses mémoires : *Plus, cinquante*

culottes de peau de *Reine* (de Rennes),
vieux style.

~~~~~

C'est aussi dans ce tems que, le
gouvernement ayant prohibé les mar-
chandises anglaises, une pauvre marchande de fruit fut traînée inhumainement au comité révolutionnaire de sa
section, parce qu'elle avait eu l'imprudence de crier et de vendre des
poires d'Angleterre.

Le théâtre, sur-tout, se ressentit
de cette innovation ; et, entr'autres
changemens, on remarqua ceux-ci :

Dans l'opéra du Déserteur, au lieu
de dire : *le roi passait*, etc., on disait
le tyran passait, etc. ; de manière que
l'ariette finissait par : *vive le tyran!*
vive le tyran!!! . . .

Un acteur du Théâtre-Français,
très - obstiné, et qui, pendant que
ses camarades gémissaient dans les
prisons de Robespierre, ne cessait

d'attirer *la foule*, en jouant *Marat dans le souterrain*, etc., disait dans le Bourru bienfaisant : *échec au tyran,* au lieu de dire *échec au roi.*

~~~~

C'EST aussi à cette époque et après la fermeture des églises, qu'un prêtre inconstitutionnel, voyant que l'eau-bénite était fort rare, et s'avisant d'en vendre, fut dénoncé par des envieux à sa municipalité, laquelle, ne voyant dans ce singulier commerce qu'une nouvelle branche d'industrie qui pouvait tourner au profit des contributions, le força à prendre une patente de limonadier.

~~~~

DANS ces beaux jours du *sans-culotisme*, un arsouille (1) de la première

_____

(1) *Arsouille*, en style commun, veut dire *fanfaron, querelleur,* etc.

classe se présente à la porte du ministre de la guerre. Il était suivi d'un énorme chien, qui avait un peu meilleure mine que le maître. Il s'adresse au concierge : Dis donc, portier, ous'qu'est l'*minisse ?* — Citoyen, il donne audience. — Mène-moi-z-y, faut que j'l'y pale. — Citoyen, attendez votre tour. — Mène-moi-z-y, j'te dis; allons, lève la guigne, trotte et remue la queue, et plus vîte que ça. — Citoyen, vous ne pouvez pas entrer avec votre chien. — Mon Azor, faut qu'il entre; respecte-le : viens, mon chien, viens. (Le portier est obligé de l'introduire). Citoyen, voilà le ministre. — Qui? c'pékin là-bas, en habit bleu? Laisse faire, j'vas l'y parler. Il traverse la foule, arrive au ministre, lui frappe sur l'épaule : Bonjour, *minisse*, bonjour, mon homme. Le ministre étonné : Citoyen, qu'y a-t-il pour votre service ? — J'vas te dire : j'étions hier avec les amis au café Virginie... tu sais ben... la... rue Maubuée : j'étions à chiquer les légumes, à pomper les huiles, v'là qu'il a circulé un bruit... — Quel est ce bruit ? — On a dit q't'allais d'mander ta *diminution*. — Ma démission. — Ah ! oui, oui, c'est ça. Ecoute : avant d't'esbigner du ministère, faut commettre une belle action ; fous-moi une place, hein ! ça va-t-il ? — Mais encore, quelle place ? —Bah ! tu sais ben mieux c'que c'est qu'une place que moi. — Que savez-vous faire ? — Moi, vois-tu, j'n'y vas pas par trente-six chemins ; je n'sais q'ça, et qu'ça et queuq'autres choses pareilles. — Cela n'est pas très-clair. — Tiens, fait une chose, fous-moi dans les chapeaux bordés. — Vous voulez être général ? — Pourquoi pas, comme un autre. — Impossible, le tableau est complet. — Bah ! q't'es bête pour un *minisse,*

tu n'as guère é l'fil; une légume de
plus ou de moins sur la quantité, ça
ne paraît pas. — Impossible, vous
dis-je. — Eh ben, écoute, si tu n'peux
pas m'faire général, fous-moi... à
l'hôpital... là.. queuq'chose d'honnête.
— Mais encore?.. — (Le chien aboie).
Tais-toi, Azor. — (Azor continue).
Tais-toi; j'te dis, Azor : assez causé,
laisse parler le *minisse...* Parle, *mi-*
nisse, parle, mon homme, j't'écoute.
— Encore, citoyen, pour être placé
dans un hôpital, savez-vous la méde-
cine, la chirurgie? — Pardine, faut-il
pas être ben malin pour tuer des
gens qui sont malades? — Ecoutez,
si vous ne savez rien, je ne puis vous
donner une place. — Ah ça! dis donc,
v'là q'tu commences à m'scier, avec
ton savoir: j'vois ben qu'la révolution
n'a pas été faite pour les amis. Avant
c'tems-ci, je l'aimais; à présent, j'li
pisse au cul.... Hut!...

UN orateur de section resta court
à la tribune, au moment où il traitait,
avec son éloquence ordinaire, la question intéressante de la loi agraire.
Après s'être frotté le menton, levé
les yeux vers la voûte, regardé autour
de lui, fouillé dans... ses poches, et
invoqué son génie, il se rappela où il
pouvait avoir oublié ce discours précieux. Il vola... au bureau du secrétaire, et y écrivit à son épouse le
billet suivant :

Ma chaire sitoyênne et amit,

Je te pri de chairchet dan mais
papié inutille, tui trouverat mon dis-
court sure la l'oie a grêve dont tu sept
que je té fais léqueture ière dans zun
de naux mauman pairdnz, je crois la
voir oubliet dans la pauches goche de
mone aby dcla dai quade. Je suit
cour.... et ne puy tan dires da van
tages, je vais en a tendans de tes

pronte nouvelè me batte les flant, in-
vauquer plurére, re courrire maime
os lieu comuns sille faute pour rem-
plire le vide, et vienz si tu pus parta-
gé ma paine avecque la quelle je suis
tout à toi, etc.

~~~~~

L'ENNEMI a pénétré dans notre
camp, disait un membre de comité à
ses collègues : après l'avoir pillé, volé,
mis tout sans dessus dessous, il a violé
jusqu'à la tente du général.

Que diable aussi, dit quelqu'un,
pourquoi les vieilles femmes vont-
elles à l'armée ?

~~~~~

DIALOGUE.

-- Te voilà donc revenu de la guerre ?
C'est un vilain métier que de se battre ainsi..
  -- Ah ! je vous en réponds, ma mère.
-- Que faisais-tu tout le jour ? -- Le voici :
On me tuait, et je tuais aussi.

12 *

DEVANT un comité révolutionnaire
se présenta un jour un pauvre diable,
qui dit : Citoyens, j'ai perdu ma carte,
j'en viens quérir un autre. — Il faut
auparavant, dit le président avec im-
portance, savoir si tu es modéré,
royaliste, aristocrate, fédéraliste. —
Moi, non, citoyen, je suis rémou-
leur.

~~~~~

UN fonctionnaire public de 1793
étant malade, sa femme fut obligée
de répondre pour lui à ceux qui ve-
naient le consulter : un jour qu'elle
était attendue dans l'antichambre,
par plusieurs personnes, le garçon de
bureau vint l'en avertir. Eh ! mon Dieu,
dit-elle, que la *place* d'une femme
publique est difficile à remplir !...

~~~~~

UNE troupe d'acteurs ambulans
ayant fait afficher dans un bourg une

comédie en *vers libres*, la municipalité, par *bienséance*, leur fit défense de la jouer.

~~~~

PENDANT cet heureux tems, tous les monumens publics étaient couverts de légendes. On lisait *liberté* sur la porte des prisons ; *fraternité* sur celle des bureaux ; *indivisibilité* sur celle des assemblées ; *unité* sur celle des spectacles ; et *la mort* partout.

~~~~

UN propriétaire fit écrire au-dessus de la loge de son portier ces mots, dont le Français se souviendra long-tems : *Unité, indivisibilité*, etc. ; mais le peintre, qui n'avait pas bien pris ses dimensions, fut obligé d'achever à côté de l'indication du portier ; de sorte qu'on lisait : *Parlez au portier, ou la mort.*

ROBESPIERRE fit placer, sur tous les monumens publics, cette inscription :

Le peuple français reconnaît l'Etre suprême et l'immortalité de l'ame.

Un critique la corrigea ainsi :

Le peuple français *méconnaît* l'Etre suprême et *la moralité* de l'ame.

~~~~~~

APRÈS le 9 thermidor, plusieurs personnes voulurent faire passer leurs crimes pour des erreurs, et pour faire croire qu'elles n'étaient qu'*aveuglées*, elles furent ouvrir un club aux Quinze-Vingts.

~~~~~~

EN parlant de la mémorable journée qui purgea la France du monstre Robespierre, etc., un orateur de la Convention disait à la tribune : Citoyens

représentans, *la belle journée que la
nuit du 9 thermidor !*

~~~~~

AVANT la séance où l'on décréta
Carrier d'accusation, Bourdon (de
l'Oise), pour mieux voter *en sa conscience,* se l'était chargée de quelques
bouteilles de Champagne. La liqueur
fit son effet. Bourdon tapagea tant,
qu'on fut obligé de l'inviter à n'être
pas *rouge* le matin, et *gris* le soir.

~~~~~

J'AI remarqué que pendant que
Carrier lisait sa défense à la tribune
de la Convention, il était éclairé par
une bougie, placée sur la tête de
Marat.

~~~~~

MAIS pourquoi donc, disait un parvenu, qu'on en veut toujours à nous
autres, pauvres riches ?

LE citoyen *** soumissionna le bien de M. *** ; après y avoir fait faire quelques réparations, il écrivit à son épouse :

Mamour, je venons de terminer les travos que j'aviont fait commanser dans le bâtiment. Viens mi joindre ; cet une an droit des pius agréables : j'espère que nousi finiront nos jours, sic Dieu nous prete vie.

~~~~~~

LA femme d'un parvenu fut trouver un de nos plus fameux peintres pour se faire faire son portrait.— Madame, lui dit l'artiste, je ne peins que l'histoire. — Comment vous ne peignez que l'histoire, lui dit-elle, eh ! qui donc me peindra le reste ?

~~~~~~

ON dit se *vétir,* et cependant on dit se *dépouiller ;* et l'on disait ancienne-ment se faire *tirer,* pour dire se faire peindre. La femme d'un parvenu, qui, en cette qualité, se croyait dispensée de savoir sa langue, sortant de se faire peindre, et étant encore affublée de sa plus belle robe, disait: je ne me suis jamais fait *tirer* aussi bien *pouillée*.

~~~~~

UN de nos parvenus se vantait d'avoir beaucoup voyagé. — En ce cas, lui dit quelqu'un, vous devez connaître *la géographie?* — La géographie, répondit notre homme..... Je ne saurais.... trop vous dire..... si je n'ai pas été dans ce pays-là.... Mais je ne crois pas en avoir passé bien loin.....

Il s'établit, en l'an 6, une religion connue sous le nom de société des *philanthropes*. Cette société, n'étant composée que de révolutionnaires, fut appelée par les poissardes de Paris

filoux en troupes, et fut détruite par les
enfans, qui troublaient constamment
leur *prêche*, en faisant un bruit conti-
nuel à la porte de leurs temples (des
églises dont ces messieurs s'étaient
emparés), et en leur jetant des pier-
res.... Vint enfin le consulat qui nous
délivra de ces hypocrites et de bien
d'autres.

QUELQUES

BONS MOTS,

ANECDOTES, PLAISANTERIES,

CHANSONS ET COUPLETS

ENFANTÉS

PENDANT LA RÉVOLUTION.

En faveur du badinage,
Faites grace à la raison.

13

AVIS DE L'ÉDITEUR.

JE n'ai pas plus la prétention de rassembler en un si petit espace *toutes* les chansons, épigrammes, colibets et calembourgs qui ont été décochés en France depuis 1789, que je n'avais l'idée de rapporter *toutes* les aneries : les uns et les autres demanderaient des *in-folio*, et la plaisanterie doit avoir ses bornes, comme le petit volume que je publie.

BONS MOTS

ENFANTÉS

PENDANT LA RÉVOLUTION.

~~~~~~~~~~~~~~~~~~~~~~~~~~~~~~~

LORSQU'EN 1789 la Comédie Française changea de titre, il parut l'épigramme suivante :

Les comédiens français très-prudemment calculent.
En citoyens ardens, ces messieurs s'intitulent:
    Théâtre de la Nation ;
Titre seul qui promet à leur ambition
    Une recette toujours riche,
Et *comédiens du roi* reste encor sur l'affiche,
    Pour garantir la pension.

~~~~~

UN conseiller au parlement était de garde chez le roi. Que fais-tu donc ici, lui dit un ami? — Que veux-tu, reprit le factionnaire; autrefois nous

13 *

faisions des remontrances au roi , et
maintenant nous lui *montons des*
gardes.

~~~~

VERS la fin de 1790 , on publia les
couplets suivans :

AIR : *O ma tendre musette.*

De l'aimable folie
Prisez mieux les bienfaits ;
La sombre anglomanie
Ne sied point aux Français.
Soyez vifs et volages ,
Gardez vos anciens goûts ;
Je vous crois assez sages
Pour être toujours foux.

Vos districts , vos gazettes ,
Vos graves députés ,
Vos riches épaulettes ,
Vos plans , vos arrêtés ,
Vos canons , vos trompettes ,
Valent-ils , mes amis ,
Une des chansonnettes
Que vous chantiez jadis ?

MIRABEAU l'aîné étant allé voir son frère, que de trop fréquens sacrifices à Bacchus retenaient dans son lit, lui dit : Est-il possible, mon frère, que vous ne rougissiez point d'un vice aussi crapuleux ?... *Parbleu, mon frère, répondit le malade, c'est le seul que vous m'ayez laissé.*

~~~~~

Au commencement de 1790, on publia ces stances sur les deux frères Mirabeau :

En France il est deux Mirabeau,
   Le comte et le vicomte ;
Et je vais peindre en ce tableau
   Le vicomte et le comte.

Le bon peuple veut chaque jour
   Lanterner le vicomte,
Car il réserve son amour
   Pour le vertueux comte (1).

_____

(1) C'est le comte qui était député de la noblesse à l'Assemblée constituante, et l'antagoniste de l'abbé Maury et de Cazalès.

Quand on voit l'un, on dit : Hélas !
   J'ai vu monsieur le comte.
Quand on voit l'autre, on dit tout bas :
   J'ai vu le gros vicomte.

Pour nous instruire, l'un écrit :
   C'est le vertueux comte ;
Et l'on s'amuse lorsqu'on lit
   Les écrits du vicomte.

Le Châtelet est juste enfin ;
   Il décrète le comte ;
Et l'affaire de Savardin
   A fait fuir le vicomte.

On veut l'accrocher en chemin,
   Parce qu'il est vicomte :
De la lanterne il fuit soudain,
   En se disant le comte (1).

---

(1) Quelque tems après une mauvaise affaire que le vicomte de Mirabeau eut au Palais-Royal avec un nommé Savardin, la peur, ou toute autre raison, lui fit prendre la route de Mons.... — Qui va là ? — Mirabeau. Aussitôt on saute dessus......, — Ah ! nous le tenons, nous le tenons ! à la lanterne.... — Eh ! messieurs, vous vous méprenez.... —

On veut alors chez l'étranger
   L'accrocher comme comte,
Il échappe au même danger
   En se disant vicomte.

Enfin, l'on a très-bien reçu
   Le gros et gai vicomte
Dans des lieux où l'on eût pendu
   Le très-vertueux comte.

Sur la nomination du comte Riquetti de Mirabeau au grade de commandant de la section Grange-Batelière.

Depuis long-tems Riquetti, mon bijou,
Beau commandant de Grange-Batelière,
On desirait vous voir le hausse-cou ;
   Mais c'était d'une autre manière.

Oh! oh! vous n'êtes donc pas l'aîné ? — Non, certainement. — En ce cas, c'est différent...... Le vicomte, reconnaissant du service que venait de lui rendre son frère, et voulant s'acquitter envers lui, lui écrivit ces mots : *Si quelque motif te portait à voyager, je te conseille d'éviter Mons, car j'ai manqué d'y être pendu pour toi.*

ON demandait à Mirabeau pourquoi il avait toujours une vache sur sa voiture lorsqu'il allait à l'assemblée. — C'est, dit-il, parce qu'un homme qui marque dans une révolution doit être toujours prêt à prendre la fuite ou à monter sur l'échafaud.

Le même disait un jour à la tribune des jacobins : la liberté ne prend racine que sur les débris des cadavres humains : elle ne s'élève qu'arrosée de sang et de larmes. Affreuse vérité qui confond toutes les idées philosophiques, et qui effraie la raison humaine.

~~~~~~

L'ABBÉ Maury, sortant d'une séance orageuse où il avait vigoureusement soutenu les priviléges de son ordre, fut assailli par une foule de gens, qui lui crièrent : *A la lanterne!* Eh bien! leur dit-il, quand je serai à la lanterne, y verrez-vous plus clair?

PLUSIEURS dames de la Halle rencontrant le même député, qui allait à l'assemblée, une d'entre elles lui dit : Vous parlez comme un ange, M. l'abbé ; mais malgré tout, vous êtes fou... Bah ! leur dit l'abbé en souriant, *vous savez bien, mesdames, qu'on ne meurt pas de ça.*

UN colporteur, pour mieux piquer la curiosité du peuple, criait : *Mort de l'abbé Maury.* L'abbé passe, l'entend, s'en approche, lui donne un vigoureux soufflet, et lui dit : *Tiens, si je suis mort, au moins tu croiras aux revenans.*

VERS la fin de 1790, on fit ces vers pour placer au bas de son portrait :

Il réunit ce qu'on ne vit jamais :
Savoir, génie, éloquence et courage ;
Il est trop, aujourd'hui, méconnu des Français;
Mais la postérité vengera cet outrage.

LE décret qui ordonna la vente des
biens ecclésiastiques excita les plus
grands cris de la part des intéressés.
Chaque membre du clergé se levait,
changeait de place à tout moment,
pour augmenter le bruit que faisait son
confrère. Une dame, impatientée de
tant de brouhaha, s'écria : Messieurs,
on veut vous *raser ;* mais si vous vous
remuez tant, vous vous ferez couper.

~~~~~

D'UN bataillon de sans-culottes
Un ancien officier fut nommé commandant ;
Mais ne pouvant sur eux prendre aucun ascen-
                                        dant,
Il les assemble un jour : Citoyens patriotes,
    Depuis assez long-tems, je crois,
    J'obéis à toutes vos lois :
    Or, comme un pareil joug me lasse,
    Permettez que, sans plus tarder,
    Je me démette de ma place,
Attendu que je veux à mon tour commander.

~~~~~~~~~~~~~~~~~~~~~~~~~~~~~~~~

A M. ***, *cordonnier, officier muni-cipal.*

DIGNE municipal, homme vraiment de *poix*,
On sait que maint *pied-plat* blâme un si noble choix,
Crie à propos de *botte* et répand mille injures.
Qui pourtant, mieux que toi, sut prendre ses
                                        mesures,
Sut mieux, sans perdre *haleine*, abattre les *tyrans,*
Mieux observer la *forme* et les *points* importans;
Mais tu connais l'envie et sur quel *pied* nous sommes;
O père de nos *corps !* prends pitié de tels hommes:
Tu peux à volonté les tous *estropier :*
Sois grand jusques aux *bouts*, fais-leur encor
                                        quartier;
Comme un second Orphée, enchaînant les *oreilles ;*
De la difficulté sachant trancher les *nœuds,*
Par des armes de *soie* opérant des merveilles,
Fais-les *marcher plus juste* au gré de tous nos vœux.

~~~~

14

On distribua dans plusieurs villes des projets de délibérations incendiaires ; on désignait quatre corporations qui devaient réclamer contre la révolution ; on disait que les cordonniers voulaient *l'ancienne forme ;* les tailleurs , *les anciennes mesures ;* les perruquiers , *les vieilles têtes ,* et les carrossiers , *l'ancien train.*

⁓⁓⁓

Un filou ayant été pris sur le fait , fut conduit chez le commissaire du quartier, qui lui demanda si c'était la misère qui le portait à voler ? Non , dit-il, je profitais seulement de *la liberté de la presse.*

⁓⁓⁓

Lorsque la commune de Paris établit le comité des recherches, il parut le dialogue suivant entre le *président* de ce comité et *la Vérité.*

Air : *Jardinier, ne vois-tu pas ?*

LE PRÉSIDENT.

J'ai de l'esprit et du goût,
Par-tout je l'entends dire ;
Si l'on me vante beaucoup,
C'est que je suis propre à tout.

LA VÉRITÉ.

Détruire, détruire, détruire.

LE PRÉSIDENT.

En tout lieu l'on doit savoir
Combien je suis aimable ;
Et chacun, fier de m'avoir,
Donnerait tout pour me voir.

LA VÉRITÉ.

Au diable, au diable, au diable.

LE PRÉSIDENT.

Dans ce pays agité
J'ai semé la discorde ;
Mais aussi, sans vanité,
De lui j'ai bien mérité.

LA VÉRITÉ.

La corde, la corde, la corde.

LE PRÉSIDENT.

Puisqu'à faire à tous la loi
Notre sénat s'applique,
Je puis régner, par ma foi,
Ayant déjà l'air d'un roi.

LA VÉRITÉ.

De pique, de pique, de pique.

LE PRÉSIDENT.

Enfin, de notre bonheur,
L'édifice s'achève ;
Comme je suis sénateur,
Je mourrai comblé d'honneur.

LA VÉRITÉ.

En grève, en grève, en grève.

Nota. Ces couplets sont une parodie d'une chanson de Pannard.

~~~~

DEUX jeunes gens montés dans un
fiacre prirent de l'humeur contre le
cocher, dont les chevaux rétifs ne
voulaient pas partir. Marche donc,

s'écrièrent-ils, ou nous allons faire *une motion* sur tes épaules. — Eh ! messieurs, répondit le cocher avec dignité, attendez donc que je me sois *constitué* sur mon siége et que j'aie *organisé* mes chevaux.

~~~~~

L'ordre du jour.

SUR nos législateurs n'a-t-on pas droit de
              mordre ?
    Fort souvent *à l'ordre du jour*
Nous les voyons passer. Mais quand *le jour de*
              l'ordre
    Aura-t-il donc son tour ?

~~~~~

PHILIPPE d'Orléans, dont l'ambition perçait à travers l'hypocrisie, sentant la nécessité de s'éloigner de Paris, demanda du service au ministre de la guerre. On fit à ce sujet le quatrain suivant :

14 *

Pour fuir le coup qui le menace,
Le duc d'Orléans va , dit-on ,
Etre chef de division :
Il n'aura pas changé de place.

CE misérable, qui affecta par la suite
de prendre le nom d'*Egalité*, n'était
déjà plus dangereux pour le public,
qui lui donnait tout haut le nom d'ambitieux. Ses amis le défendirent, et
voici des vers qu'on leur adressa :

Imprudens qui, sans nul égard,
Blanchissez d'Orléans, qui blanchiriez la peste,
Vous étes le papier brouillard :
Vous enlevez la tache, et la tache vous reste.

~~~~~

L'HOMME PRUDENT.

Dialogue national.

A.

Monsieur est-il aristocrate ?

B.

Non, monsieur, je m'en garde bien.

A.

J'entends, vous êtes démocrate ?

B.

Ah ! s'il vous plaît, n'en croyez rien.

A.

Eh ! mais, quel choix est donc le vôtre ?
Entre les deux partis flottez-vous suspendu ?

B.

Vous l'avez dit, je ne suis l'un ni l'autre,
Pour n'être pendeur ni pendu.

~~~~~~

UN particulier venant de payer sa contribution patriotique, s'écria avec sensibilité :

A tous les cœurs biens nés que la patrie est
chère !

~~~~~~

ON reprochait à certaines femmes de ne pas porter de cocardes. Quelqu'un voulut les justifier, en disant : Que ces dames avaient devancé la révolution pour être *constitutionnelles* ; qu'on pouvait les qualifier de *citoyennes très-actives*, connaissant par cœur les droits *de l'homme*, ayant la *parole en main* et un *comité central* en permanence.

~~~~~

APRÈS l'expédition du brasseur Santerre dans la Vendée, on fit courir le bruit de sa mort : Un plaisant fit ainsi son épitaphe :

> Ci git le général Santerre,
> Qui n'eut rien de *Mars* que la *bière*.

~~~~~

LORSQUE l'on apprit que Robespierre et autres étaient nommés pour composer le tribunal du district de Versailles, quelqu'un répondit : « C'est » sûrement cela que j'ai entendu ce » matin d'un colporteur qui criait : » *Voici bientôt le moment où il faudra* » *que la justice s'exécute elle-même* ».

UN honorable membre du club des jacobins disait : « J'ai joué de bonheur aujourd'hui : un chien enragé » a passé entre mes jambes sans me » mordre ». Cela n'est pas étonnant, lui répondit quelqu'un, c'est qu'il vous connaissait.

~~~~

LES Carmes furent dénoncés pour avoir chez eux cinq canons et vingt-cinq armes. La municipalité y alla faire une exacte perquisition, et on ne trouva que *vingt-cinq Carmes* et *cinq ânons.*

~~~~

LES CHEMISES A GORSAS.

LORS du départ de Mesdames (tantes du roi) pour le pays étranger, Gorsas fit à l'Assemblée nationale un long discours à ce sujet, dans lequel, en voulant faire entendre que ces sortes d'émigrations dilapidaient la fortune publique , puisqu'en pareil cas on emportait avec soi tout ce qui pouvait se transporter , s'exprima ainsi en se mettant à la place de ce bon peuple, si honteusement dépouillé :

« *Oui , mesdames, tout ce que vous avez m'appartient , jusqu'à vos che-mises! Il est pénible de vous voir quitter Paris dans cet état, etc.* » (1).

Cette phrase amphibologique donna lieu de croire à quelques patriotes des départemens qui la lurent, que Mes-dames avaient effectivement emporté les chemises de M. Gorsas.

Les habitans d'Arnay-le-duc , ins-truits de cette aventure , et sachant que Mesdames devaient passer par leur ville , s'assemblèrent et décidèrent qu'il fallait les arrêter à leur arrivée ,

---

(1) Voyez le *Courrier de Paris dans les quatre-vingt-trois départemens* , par A. G. Gorsas, du 9 février 1791.

pour leur faire rendre ce qu'elles avaient dérobé à M. Gorsas. A peine cette civique résolution est-elle prise, que l'on voit entrer dans la ville les deux tantes du roi avec toute leur suite. On les arrête de la part de la nation et de M. Gorsas ; on les fait descendre de voiture, et les officiers municipaux, avec leurs habits noirs, leur gravité, leurs écharpes, leur civisme et leurs perruques, disent à Mesdames :

AIR : *Rendez-moi mon écuelle de bois.*

Donnez-nous les chemises (1)
        A Gorsas,
Donnez-nous les chemises.
Nous savons, à n'en douter pas,
Que vous les avez prises ;
Donnez-nous les chemises
        A Gorsas,
Donnez-nous les chemises.

(1) Il y a dans ce vers une syllabe de trop : mais ce n'est rien que ça.

Madame Adélaïde, étonnée d'un tel propos, répond sur le même air que ces messieurs de la municipalité :

Je n'ai point les chemises
    A Gorsas,
Je n'ai point les chemises.
Cherchez, messieurs les magistrats,
Cherchez dans nos valises.
Je n'ai point les chemises
    A Gorsas,
Je n'ai point les chemises.

Dès que madame Adélaïde eût chanté son couplet, madame Victoire prit la parole et dit :

Air : *Rendez-moi mon écuelle de bois.*

Avait-il des chemises,
    Gorsas ?
Avait-il des chemises ?
Moi, je crois qu'il n'en avait pas :
Où les aurait-il prises ?
Avait-il des chemises,
    Gorsas ?
Avait-il des chemises ?

Messieurs les municipaux, qui con-
naissent de réputation les chemises de
monsieur Gorsas, répondent avec une
gravité toute municipale :

Même air.

Il en avait trois grises,
    Gorsas,
Il en avait trois grises,
Avec l'argent de son fatras
Sur le pont Neuf acquises.
Il en avait trois grises,
    Gorsas,
Il en avait trois grises.

(*La municipalité se mit alors en
devoir de fouiller dans les malles de
Mesdames, en disant :*)

Même air.

Cherchons bien les chemises
    A Gorsas,
Cherchons bien les chemises.
C'est pour vous un fort vilain cas,

15

Si vous les avez prises.
Mais où sont les chemises
    A Gorsas ,
Mais où sont les chemises?

Enfin , ne pouvant distinguer parmi
tant de chemises , lesquelles apparte-
naient à M. Gorsas , et les tantes du
roi , persistant à nier qu'elles eussent
dérobé celles de ce grand écrivain , la
municipalité d'Arnay - le - duc crut
devoir garder à vue Mesdames jusqu'au retour du courrier qu'elle venait
d'envoyer à M. Gorsas.

Notre législateur était dans son ca-
binet quand le courrier entra et lui
annonça cette nouvelle. Il mit aussitôt
la main à la plume , et écrivit à la
municipalité d'Arnay-le-duc la lettre
suivante :

« Mes chers concitoyens , les che-
» mises de Mesdames ne m'appartien-
» nent pas tout-à-fait, ainsi que je
» l'ai dit dans un de mes derniers

» numéros ; mais comme elles sont à
» la nation, dont j'ai l'honneur de
» faire partie, j'étais autorisé à les
» réclamer ; cependant, je vous en-
» gage à laisser continuer la route à
» ces dames ».

La municipalité reçut cette lettre,
et leva l'embargo.

Ainsi se termina cette aventure,
que je ne rapporte ici que parce que
c'est une de celles dont on s'est amusé
le plus en France.

~~~~

BAILLY fut le *premier maire* de la
révolution ; Péthion, qui lui succéda,
fut appelé *le merdeux* (le maire deux).

~~~~

VICHY, député de Seine-et-Marne,
eut une forte altercation avec Bourdon (de l'Oise), que l'on appelait
Bourdon-le-Roux, parce qu'il avait les
cheveux de cette couleur. Des paroles
on en vint aux coups ; et Vichy tint

Bourdon-le-Roux en respect par une poignée de cheveux, qui lui resta dans la main comme trophée de sa victoire.

On dit, à cette occasion, qu'il était bien étonnant qu'un représentant du peuple français se décorât ainsi d'un ordre étranger, et Vichy fut dénoncé comme *chevalier de la toison d'or.*

CAMBON voyant le chaos financier s'embrouiller de plus en plus, invita tous les citoyens de la république à l'aider de leurs lumières. Bah ! dit quelqu'un, Cambon est comme une servante qui ne crie *au feu !* que quand elle ne peut plus l'éteindre.

LES assignats furent dépréciés de toutes les manières, et ceux qui rient de tout appelèrent le tems de leur durée *l'âge du papier* (*allusion à l'âge d'or*).

VERS la fin de 1792, à huit heures
du soir, une mère passait avec sa
petite fille dans la rue Saint-Honoré,
devant le lieu où la société-mère tenait ses séances. — Mais, maman,
dit l'enfant, qu'est-ce donc que cette
cloche qui fait gredin, gredin, gredin? — Ma fille, reprend la mère,
c'est l'appel nominal.

~~~~~

Les AH, EH, HI, OH, HU,

Ou les cinq exclamations jacobines.

AIR : *Dans Paris la grand' ville.*

Messieurs, allons bien vite
Au sénat jacobite; (*bis.*)
C'est là que l'on médite
Le bonheur de l'état.
    Ah! ah! ah! ah!
Nous verrons Robespierre
Et Denton son confrère
Éloquemment y faire
L'éloge de Marat.
    Ah! ah! ah! ah!

D'Avignon ou bien d'Arle,
Lorsqu'un Lameth y parle,   (*bis.*)
Soit Alexandre ou Charle,
On est tout transporté.
    Eh! eh! eh! eh!
Quand Gorsas s'y présente,
Jamais on ne plaisante,
Pas même alors qu'il vante
Sa rare probité.
    Eh! eh! eh! eh!

Dans ce lieu respectable,
Le plus fameux coupable, (*bis.*)
Lorsqu'il a bonne table,
Se fait plus d'un ami.
    Hi! hi! hi! hi!
Chabroud à la justice
Vous ravit sans malice,
Dites qu'il vous blanchisse,
Et vous serez blanchi (1).
    Hi! hi! hi! hi!

---

(1) M. Chabroud entreprit de blanchir
l'infâme d'Orléans.

Maint auteur que l'on cite,
S'il n'est point jacobite, (*bis.*)
Malgré tout son mérite,
Ne peut être qu'un sot.
　　　Oh! oh! oh! oh!
Il n'est qu'une ame abjecte
Qui craint et qui suspecte
Un sénat qu'on respecte,
Dès qu'on sait ce qu'il vaut.
　　　Oh! oh! oh! oh!

Ce sénat qu'on redoute,
Dont on veut la déroute, (*bis.*)
On l'aimera sans doute,
Dès qu'il ne sera plus.
　　　Hu! hu! hu! hu!
Il faut de sa mémoire
Décorer notre histoire
Et mettre notre gloire
A chanter ses vertus.
　　　Hu! hu! hu! hu!

~~~~~~~~~~~~~~~~~~~~~~~~~~~~~~~~

DÉCLARATION

Des Droits de la femme (1) *et de la citoyenne.*

Quand on le sait c'est peu de chose,
Quand on l'ignore ce n'est rien.

ARTICLE PREMIER.

Les femmes naissent, mais ne demeurent pas égales en droits ; les distinctions qui se trouvent en elles viennent du plus ou moins d'exercice de ces mêmes droits.

II. Le but de toute association avec les femmes tient aux droits impres-

---

(1) Cette pièce n'est autre chose qu'une parodie des droits de l'*homme* et du *citoyen*, qui faisaient partie de la constitution de 1793 (Voyez cette pièce pour la comparer avec celle-ci.).

criptibles du beau sexe ; ces droits sont la beauté, la propreté, la fermeté, l'élasticité et la résistance modérée.

III. Le principe de la souveraineté réside essentiellement dans la personne des maris, mais les femmes ont droit de leur persuader qu'ils sont les maîtres absolus dans le ménage, tandis qu'ils ne doivent faire réellement que les volontés de leurs femmes.

IV. La liberté consiste à faire tout ce qui ne nuit pas réellement à autrui ; ainsi, l'exercice des droits naturels de chaque femme, n'a de bornes que celles qui assurent aux autres membres de la société l'exercice de ces mêmes droits.

V. Toute citoyenne appelée ou saisie en vertu des lois de l'amour, ne doit pas obéir à l'instant, mais elle se rend coupable par trop de résistance.

VI. Les hommes ayant reçu par la constitution le droit d'exercer le plus saint des devoirs, les femmes ont le droit de pratiquer le plus doux des penchans.

VII. La libre communication des pensées étant un des droits les plus sacrés de la femme, toute citoyenne a le droit de penser, et sur-tout de parler tant qu'elle voudra, sauf à répondre par signe quand elle ne pourra s'exprimer autrement.

VIII. Les femmes ont droit de demander compte à leurs maris de l'administration de leurs facultés ; il est permis à la femme de nommer un suppléant, dans le cas de maladie, démission, négligence ou forfaiture.

IX. Tout amant ou mari qui ne peut pas remplir convenablement ses devoirs, n'a point de constitution.

X. L'assemblée voulant établir partout les grands principes de liberté et d'égalité parfaites, décrète que toute femme pourra choisir librement pour amant ou pour mari celui qui lui conviendra le mieux, pourvu qu'il soit dans les principes d'une bonne constitution ; elle abolit toute espèce de parure, comme inutile dans l'association, et ordonne de se détacher de tous les cordons, comme gênant l'exercice des droits naturels.

XI. Il n'y aura plus aucune vénalité pour aucun individu ni pour aucune partie, mais toutes les associations se feront désormais de gré à gré, et but à but.

XII. Les lois ne devant établir que des peines strictement et évidemment nécessaires, nulle femme ne peut être punie par son mari, que par un châtiment doux et légèrement appliqué.

XIII. La loi ne garantit plus de vœux ni aucun autre engagement qui

serait contraire aux droits naturels de
la femme , ou à sa constitution.

XIV. Il sera permis à toutes les
femmes de s'assembler paisiblement ,
et sans armes , pour satisfaire aux lois
de leur constitution.

XV. Toutes les contributions de
l'amour seront réparties entre toutes
les femmes , aussi également qu'il
sera possible , en proportion de leurs
facultés.

XVI. Comme la constitution garantit l'inviolabilité de toutes les pro-
priétés , toute femme aura droit de
réclamer l'amant ou le mari qu'une
autre femme lui aura enlevé , ou d'exi-
ger un remplacement de valeur au
moins égale , comme juste et préalable
indemnité.

XVII. Les dames du Palais-Royal ,
ci-devant destinées à des services
d'utilité publique , sont à la disposition de la nation.

XVIII. Il sera créé et organisé un établissement général de secours publics pour le soulagement des femmes trop valides qui manqueraient d'occupation.

~~~~~~

UN jacobin voyant au spectacle un particulier qui lisait un journal, lui cria de loin : *Frère, quand tu l'auras lu, tu me le passeras.* Le liseur ne répondant rien, le jacobin se leva, et alla lui frapper sur l'épaule en l'appelant encore *frère.* Pardon, dit celui-ci, je ne croyais pas que vous vous adressiez à moi, car je suis *fils unique.*

~~~~~~

ROBESPIERRE descendait, dit-on, de Damiens. Un jour qu'il reprochait à un de ses collègues *d'être tiré à quatre épingles,* celui-ci, de mauvaise humeur, lui répliqua sèchement, que cela valait mieux que d'être *tiré à quatre chevaux.*

16

UN jeune homme voyageait par la diligence avec un *frère et ami*. Après quelques jours de route, la bourse de ce dernier se trouvant épuisée : *Frère*, dit-il au jeune homme, paye pour moi, je te le rendrai à Lyon. — Je ne le puis pas. — Comment ! ne sommes-nous pas frères ? — Hélas ! oui ; mais *nos bourses ne sont pas sœurs.*

~~~~~~

ON arrêta dans le faubourg Saint-Honoré M. *Monchenut,* âgé de quatre-vingt ans, en le traitant d'*agitateur :* hélas ! répondit le vieillard, je ne puis m'agiter moi-même. On donna des ordres pour qu'il fut *relâché.*

~~~~~~

ON parlait de l'indemnité que les membres de la Convention s'étaient accordée : quelqu'un dit, ce n'est pas trop, car ils ne sont ni *blanchis ni éclairés.*

APOLOGUE PUBLIÉ EN 1793.

Guillot conduisant sa charrette
Par trop négligeait d'aller droit.
Dans une *ornière* elle s'arrête ,
Et s'embourbe au fatal endroit.
De manans un troupeau novice
Veut relever le char crotté ;
Mais eux , loin de rendre service ,
Le versent de l'autre côté
A quatre pas d'un *précipice.*

POURQUOI donc que les révolutionnaires se ressemblent tous? demandait-on à ***. C'est tout simple , répondit-il; ne voyez-vous pas que c'est un air de *convention* ?

J'AVAIS affaire auprès de Saint-Eustache, disait un bonhomme nouvellement arrivé à Paris (en 1793), et ne sachant si j'en étais encore loin, je m'en informai à la première personne que je rencontrai : c'était un homme couvert d'un mauvais habit bleu à collet rouge, ayant un chapeau ciré, les cheveux gras, et portant un baudrier de cuir noir d'où pendait un large sabre qui heurtait le pavé à chaque pas qu'il faisait. Pourriez-vous, lui dis-je, m'indiquer l'église Saint-Eustache ? — Je ne connais aucun saint, me dit-il en fronçant le sourcil et en relevant son sabre, qui s'embarrassait entre ses jambes : demande ton Saint-Eustache à ceux qui l'ont canonisé. — Oh! oh! dis-je en moi-même, on n'aime pas les saints dans ce pays, abstenons-nous d'en parler. Comme je faisais cette réflexion, vint à passer une femme de bonne mine, qui portait devant elle une espèce de corbeille couverte d'un cuir et remplie d'eau, servant de vivier à cinq ou six poissons; je me hasardai de l'arrêter, et je la priai le plus honnêtement possible de me dire où était *l'église Eustache*. — Eustache ! eh mais ! voyez comme il traite le saint de notre paroisse ! il ne manquait à débaptiser que celui-là !... Apprends, visage à croquignoles, que Saint-Eustache était saint avant que tu fusses né, et qu'il le sera encore après que tu seras pendu !

Dans cette perplexité, ajoutait le bonhomme, pour ne désobliger personne, je me contentai d'aller vers le lieu où j'avais affaire, et je demandai le nom de chaque église que je voyais.

~~~~~~~

MUSCADIN est le nom donné par les jacobins aux jeunes gens qui, ne professant pas le *sans-culotisme*, se mettaient décemment. Un de ces démagogues blâmait un jour M. *** sur son peu de fraternité patriotique et sur sa mise recherchée. Celui-ci, pour gagner les bonnes grâces du *sans-culotte*,

16 *

improvisa sur-le-champ le couplet suivant, sur l'air :

On doit soixante mille francs.

Fraternisons, chers jacobins ;
Long-tems je vous crus des coquins
Et de faux patriotes.
Je veux vous aimer désormais.
Donnons-nous le baiser de paix ;
J'ôterai ma culotte.

~~~~~

A cet époque, un échappé des galères jouait le patriote, afin de faire oublier ses crimes passés ; il allait dans les maisons pour y faire retourner les plaques des cheminées sur lesquelles il y avait des fleurs de lys ; un particulier, à qui cette conduite déplaisait, lui dit : Si tu tiens à les faire disparaître de partout, retourne donc aussi ton cuir.

~~~~~

A la nouvelle de la fermeture du club des jacobins (les 21 et 22 bru=

maire 1794), un de ces *messieurs* s'écria d'un ton douloureux : O mon pays !... voici l'instant de déclarer la patrie en danger! — Non pas la patrie, répondit un vrai patriote, mais bien les grandes routes.

~~~~~~~~~~~~~~~~~~~~~~~~~~~~~~~

VENTE APRÈS DÉCÈS.

LES 25 et 26 du présent mois (brumaire 1794) à quatre heures de relevée, il sera vendu, rue Saint-Honoré, dans l'ancien local de la société-mère :

PREMIÈRE VACATION.

57,000 livres pesant des Discours d'Au....., Ba...., Du..., Bourd.. de l'Oise, Billaud-V......., Gra..., etc.; à . . . . 2 s. 6 d. la liv.

Le Bonnet d'Armonv..., (après deux ou trois nétoyages, il pourra êtrǝ très-portable) . . . . . 4 s. 3 d.

125,000 exemplaires de la constitution de 1793, imprimés sur caractères
petit-romain et philosophie, format
in-seize, couverture rouge. . . 9 d.

La sonnette et le sceau. . . 5 s.

Une esquisse du siége de Lyon et
un modèle de canon à cinq bouches,
de la composition de Collot d'Herbois.
. . . . 3 s. 3 d.

Le patron sur lequel la société tail-
lait toutes ses carmagnoles. 2 s. 1 d.

Plus, 279 rapports tout faits, et
dont il ne reste à remplir que le nom
du général, celui du champ de ba-
taille, et le nombre des morts, lequel
ne doit jamais passer neuf pour les
armées françaises. . . . . . 23 s.

Les héritiers, qui sont à la gêne
en ce moment, offrent de reprendre
ces rapports pour la même somme
dans un tems plus heureux. On don-
nera par-dessus le marché, 30,000

cartes destinées aux affiliés libres de la société.

Avant cette vacation, on vendra les bancs, les tribunes, les baquets, le buste de Marat, etc.

DEUXIÈME VACATION.

Livres.

1. Essai sur la manière d'enchaîner un peuple libre tout en chantant *ça ira*, ou la *carmagnole*, par une société de gens de corde.

2. De la nécessité de hurler avec les loups, par T.....

3. Dissertation sur les heureux effets de la saignée politique, par le même.

4. De l'utilité de la terreur pour fonder une république, d'après les principes de Machiavel, par A. B. C. D. E. F. G. H. I. J. K. L. M. N. O. P. Q. R. S. T. U. V. X. Y. Z.

5. De l'inconvénient des réverbères pour les vrais patriotes, par les mêmes.

6. Des dangers de la liberté de la presse chez un peuple libre, par les mêmes.

7. Des proscriptions légales, ouvrage suivi d'un essai sur le feu de file, par les anciens jurés du tribunal révolutionnaire, tous membres épurés de la ci-devant société.

8. Justification de Fouquier-Tainville, par les mêmes.

9. Conseils pour deviner de quel côté vient le vent, ou l'usage des girouettes perfectionné.

10. Essai sur les avantages de la calomnie et de l'audace adroitement combinées.

11. Supériorité des déclamations vagues sur les dénonciations précises.

12. Des quêtes révolutionnaires, avec la manière de contenter le couvent sans vuider entièrement la be-

sace, ouvrage posthume du révérend
père Chabot.

13. De la construction des vais-
seaux à souspape, ou moyens écono-
miques de déporter ceux à qui la
nation a fait grâce de la vie, par
Néron-Carrier.

14. Attrape qui peut, ou véritable
rédaction de la loi agraire.

15. De la nécessité d'endormir son
adversaire, quand on ne peut l'atta-
quer à force ouverte sans péril évident.

16. De l'utilité des conspirations
imaginaires pour cacher les véritables,
par un politique.

17. Calcul de la quantité de boue
dont on peut être couvert sans que
cela paraisse.

18. Théorie du sophisme, ou l'art
de prouver le *pour* et le *contre* sur
toutes sortes de sujets.

19. Des sarcasmes diplomatiques, ou xpédiens pour prolonger la guerre au dehors et forcer les puissances neutres à entrer dans la coalition.

20. De la nécessité de faire un peu de bien, pour acquérir le droit de faire impunément beaucoup de mal; suivi de l'art de s'approprier les bonnes actions d'autrui.

(*On paiera comptant en retirant les objets*).

~~~~

DIALOGUE

Sur le serment de haine à la royauté, prêté dans l'église Notre-Dame, en l'an 5.

— Quoi ! vous avez prêté votre serment de
<div align="right">haine !</div>
Ce procédé de vous a droit de m'étonner.
— De cela, mon ami, n'ayez aucune peine :
Préter n'est pas *donner*.
<div align="right">C......E.</div>

EN 1795, on chantait dans tous les spectacles le *Réveil du peuple.* Un ' ur qu'on criait à l'Opéra plus haut qu'à l'ordinaire le *Réveil du peuple ! le réveil du peuple !* un plaisant se lève et dit : *par pitié, messieurs, ne l'éveillez pas, qui dort dîne* (1).

~~~~~~

LE général Beurnonville, à la suite d'une affaire assez vive, manda qu'il n'avait pas eu un homme de tué ; qu'un soldat seulement avait eu le petit doigt emporté. Ah ! s'écria un incrédule, *le petit doigt n'a pas tout dit.*

~~~~~~

JEAN DEBRY, à son retour de Ras-

_____

(1) La disette était si grande à cette époque, que le peuple de Paris n'avait que deux onces de pain par jour, encore fallait-il qu'il fut deux heures à la queue, devant la porte de son boulanger, pour les obtenir.

17

tadt, se plaignait des *calembourgs* qu'on faisait sur son compte. Cela est étonnant, dit-on ; les *gens de Brie* (les Jean Debry) devraient aimer les *jeux de Meaux* (les jeux de mots).

~~~~~

AU commencement de l'an 7, il parut une caricature qui représentait les cinq directeurs. On avait mis au bas une *lancette,* une *laitue* et un *rat,* ce qui signifie, en style de rébus, *L'an sept les tuera.*

~~~~~

L'HEUREUX caractère que celui des Français ! tout en dansant on fait la conversation avec son voisin ; on parle misère, commerce, politique. Voici ce qui s'est dit dans un bal au mois de frimaire an 7 :

Eh bien ! la Porte-Ottomane nous a donc décidément déclaré la guerre ? — Rien n'est plus certain. (*En avant deux*). — C'est un ennemi de plus. — (*Chassez*). — Et la flotte russe, qui, dit-on, a passé les Dardanelles. (*En avant quatre*). —Les journaux disent pourtant que l'empereur veut sincèrement la paix. — Oui, mais le comte de Metternik veut la guerre. (*Balancez*). — Ainsi, voici une nouvelle coalition entre *l'Angleterre*, *le Portugal*, *le roi de Naples*, *la Turquie*, *l'empereur*, *la Russie*, peut-être *l'Empire et la Prusse*. (*Faites face et chassez tous les huit*). — Eh bien! nous avons des baïonnettes. (*La poussette*). — Puis, il n'y a pas si loin de Calais à Douvres. (*Traversez*). — Etes-vous de la conscription, vous ? — Tout juste. — Et moi aussi. (*Pirouettez*). — Ce qui m'inquiète, c'est de savoir ce que feront nos danseuses, quand nous serons partis? (*La chaîne des dames*). — Seules, sans cavaliers, que leur restera-t-il pour égayer leurs loisirs ? (*La queue du chat*). Ainsi s'écoulaient au sein des plaisirs et de l'insouciance les momens les plus critiques.

~~~~~

LORSQUE la constitution de l'an 8 parut, un amateur, entrant chez un marchand de nouveautés, en demanda un exemplaire. Monsieur, lui répondit le libraire, nous ne vendons point d'ouvrages périodiques.

~~~~~

ON disait à une petite maîtresse, que le nombre des perruques était diminué des deux tiers. Bon, dit-elle, je suis du *tiers consolidé*.

~~~~~

UN rentier, que la voiture d'un fournisseur venait d'éclabousser, s'écriait : Comment ces gens-là vont-ils si vîte ? *Ils volent*, dit un passant.

*Thermomètre du mois de Thermidor
an 8.*

Les jacobins. . . . . . à la tempête.
Le directoire . . . . . au variable.
Les cinq-cents. . . . . à l'orage.
Les anciens. . . . . . au tempéré.
Les louis d'or . . . . au beau fixe.
Les mandats . . . . . au vent.
Le peuple . . . . . . au très-sec.

LA veille du 18 brumaire an 8, la sentinelle des Thuileries refusait l'entrée du jardin à un homme qui avait une cocarde fort sale. Attendez à demain, lui dit-il, j'en aurai une *blanche.*

ON a remarqué que les principaux agens dont *Schérer* se servait dans son armée, s'appelaient *Grugeon, Rapinaÿ* et *Forfait.* Quand on reprochait quelque chose à ces messieurs, ils répon-

17 *

daient ironiquement, dit la Chronique : *Nous prenons tout sur nous.*

~~~~

A une des fêtes de Longchamp, un fournisseur se faisait remarquer par son brillant équipage. Quel est ce particulier, dit un étranger ? C'est un homme fort adroit., répondit-on : *Il était derrière une voiture, et il est passé dedans en esquivant la roue.*

~~~~

UNE femme très-jolie, très-parée, sortait de l'Opéra, il y a quelque-tems. — Où faut-il aller, madame, lui demande son domestique ? — *Cheux noux,* répond-elle. — *Cheux nous!* dit en riant un jeune homme sortant du parterre. — Pourquoi t'en étonner, lui dit un de ses amis : c'est une blanchisseuse tombée du quatrième étage dans une voiture sans se blesser.

La voiture du ministre des finances s'étant renversée dans la cour de l'hôtel des postes, les commis, qui depuis long-tems n'avaient pas été payés, s'écrièrent : Nous allons enfin toucher de l'argent ce mois-ci, le ministre vient de *verser* chez nous !

~~~~~

La brillante moitié d'un moderne richard,
Jadis en gros sabots, page alerte et fidelle,
Arrive au grand galop dans un superbe char,
Auprès de l'Opéra pour la pièce nouvelle.
Le cocher, fort exact à faire son devoir,
    Lui dit, d'un ton qui témoignait son zèle :
Madame, viendrons-nous vous reprendre ce
                                        soir ?
    — *Y a gros*, répondit-elle.

~~~~~

Liberté — Egalité.

On disait à un représentant, avant le 18 brumaire, qu'il y avait parmi eux de grands scélérats : il répondit que dans un grand état il fallait que tout le monde fut représenté.

CONCLUSION.

AUX FRANÇAIS.

Ah ! reprenons notre ancien caractère ;
Et retournons à nos antiques jeux ;
Rappelons-nous encor ce tems prospère
Où nous chantions, et nous étions heureux ;
L'Europe alors accourait à nos fêtes,
Et les plaisirs suivaient partout nos pas :
Si nous faisions tourner toutes les têtes,
On sait du moins que nous n'en coupions pas.

CHANTS NATIONAUX.

LA nation française est essentiellement chantante , et ce caractère , qui la fait chérir de tous les peuples , ne s'est point démenti même dans les grands orages révolutionnaires.

A travers les bons mots et les couplets épigrammatiques échappés à sa malignité pendant cet interrègne , on voyait de tems en tems paraître de ces éclairs de génie dont la lumière éclatante frappait les yeux ,

éveillait l'enthousiasme et ra-
nimait l'esprit public.

Borné par le court espace de
ce volume, je ne puis donner
beaucoup d'extension à ce genre
national. Je vais citer les hym-
nes et les chansons dont l'esprit
et le caractère ont si souvent
excité la valeur des armées
françaises, ou tacitement con-
tribué aux mouvemens politiques, heureusement anéantis
parmi nous.

LE CHANT DES COMBATS,

VULGAIREMENT

L'HYMNE DES MARSEILLAIS.

———

ALLONS, enfans de la patrie,
Le jour de gloire est arrivé.
Contre nous de la tyrannie
L'étendard sanglant est levé.
Entendez-vous dans les campagnes
Mugir ces féroces soldats ?
Ils viennent jusques dans nos bras
Egorger nos fils, nos compagnes !
Aux armes, citoyens ! formez vos bataillons :
Marchez, qu'un sang impur abreuve nos sil-
                                        lons.

Que veut cette horde d'esclaves,
De traitres, de rois conjurés ?
Pour qui ces ignobles entraves,
Ces fers dès long-tems préparés ?

Français , pour nous , ah ! quel outrage !
Quels transports il doit exciter !
C'est nous qu'on ose méditer
De rendre à l'antique esclavage !
Aux armes , citoyens ! formez vos bataillons :
Marchez , qu'un sang impur abreuve nos sil-
                                         lons ;

Quoi ! des cohortes étrangères
Feraient la loi dans nos foyers !
Quoi ! ces phalanges mercenaires
Terrasseraient nos fiers guerriers !
Grand Dieu , par des mains enchaînées
Nos fronts sous le joug se ploiraient !
De vils despotes deviendraient
Les moteurs de nos destinées !
Aux armes , citoyens ! formez vos bataillons :
Marchez , qu'un sang impur abreuve nos sil-
                                         lons.

Tremblez , tyrans , et vous , perfides ,
L'opprobre de tous les partis ,
Tremblez ! vos projets parricides
Vont enfin recevoir leur prix.
Tout est soldat pour vous combattre :
S'ils tombent nos jeunes héros ,
La terre en produit de nouveaux

Contre vous tout prêts à se battre.
Aux armes, citoyens ! formez vos bataillons :
Marchez, qu'un sang impur abreuve nos sil-
                                        lons.

Français ! en guerriers magnanimes,
Portez ou retenez vos coups :
Epargnez ces tristes victimes
A regret s'armant contre nous.
Mais le despote sanguinaire,
Mais les complices de Bouillé,
Tous ces tigres qui sans pitié
Déchirent le sein de leur mère !...
Aux armes, citoyens ! formez vos bataillons :
Marchez, qu'un sang impur abreuve nos sil-
                                        lons.

Amour sacré de la patrie,
Conduis, soutiens nos bras vengeurs !
Liberté ! liberté chérie,
Combats avec tes défenseurs.
Sous nos drapeaux que la victoire
Accoure à tes mâles accens ;
Que tes ennemis expirans
Voient ton triomphe et notre gloire.
Aux armes, citoyens ! formez vos bataillons :
Marchez, qu'un sang impur abreuve nos sil-
                                        lons.

~~~~~~~~~~~~~~~~~~~~~~~~~~~~~~~~~

LE CHANT DU DÉPART,

HYMNE DE GUERRE.

Par M. J. Chénier, musique de Méhul, de l'Institut national.

~~~~~

UN REPRÉSENTANT DU PEUPLE.

La victoire en chantant nous ouvre la barrière,
    La liberté guide nos pas ;
Et du nord au midi la trompette guerrière
    A sonné l'heure des combats.
    Tremblez ennemis de la France,
    Rois ivres de sang et d'orgueil :
    Le peuple souverain s'avance,
    Tyrans, descendez au cercueil.
    La république vous appelle,
    Sachons vaincre ou sachons périr :
    Un Français doit vivre pour elle,
    Pour elle un Français doit mourir. (*bis*)

Choeur des Guerriers.

La république nous appelle,
Sachons vaincre ou sachons périr :
Un Français doit vivre pour elle,
Pour elle un Français doit mourir.

Une mère de famille.

De nos yeux maternels ne craignez point les
larmes ;
Loin de nous de lâches douleurs :
Nous devons triompher quand vous prenez
les armes ;
C'est aux rois de verser des pleurs.
Nous vous avons donné la vie,
Guerriers, elle n'est plus à vous ;
Tous vos jours sont à la patrie,
Elle est votre mère avant nous.

Choeur des mères de famille.

La république vous appelle,
Sachez vaincre ou sachez périr, etc.

Deux vieillards.

Que le fer paternel arme la main des braves ;
Songez à nous aux champs de Mars :

Consacrez dans le sang des rois et des esclaves
Le fer béni par vos vieillards,
Et rapportant sous la chaumière
Des blessures et des vertus,
Venez fermer notre paupière,
Quand les tyrans ne seront plus.

CHOEUR DE VIEILLARDS.

La république vous appelle,
Sachez vaincre ou sachez périr, etc.

UN ENFANT.

De Bara, de Viala le sort nous fait envie ;
Ils sont morts, mais ils ont vaincu :
Le lâche accablé d'ans n'a point connu la vie,
Qui meurt pour le peuple a vécu.
Vous êtes vaillans, nous le sommes ;
Guidez-nous contre les tyrans ;
Les républicains sont des hommes,
Les esclaves sont des enfans.

CHOEUR DES ENFANS.

La république nous appelle,
Sachons vaincre ou sachons périr, etc.

UNE ÉPOUSE.

Partez, vaillans époux, les combats sont vos
fêtes,
Partez, modèles des guerriers :
Nous cueillerons des fleurs pour en ceindre
vos têtes,
Nos mains tresseront vos lauriers ;
Et si le temple de mémoire
S'ouvrait à vos mânes vainqueurs,
Nos voix chanteront votre gloire,
Et nos flancs portent vos vengeurs.

CHOEUR DES ÉPOUSES.

La république nous appelle,
Sachez vaincre ou sachez périr, etc.

UNE JEUNE FILLE.

Et nous, sœurs des héros, nous qui de l'hy-
menée
Ignorons les aimables nœuds,
Si pour s'unir un jour à notre destinée,
Les citoyens forment des vœux,
Qu'ils reviennent dans nos murailles,
Beaux de gloire et de liberté,
Et que leur sang dans les batailles
Ait coulé pour l'égalité.

18 *

CHOEUR DES JEUNES FILLES.

La république vous appelle,
Sachez vaincre ou sachez périr, etc.

TROIS GUERRIERS.

Sur le fer, devant Dieu, nous jurons à nos
pères,
A nos épouses, à nos sœurs,
A nos représentans, à nos fils, à nos mères,
D'anéantir les oppresseurs :
En tous lieux dans la nuit profonde
Plongeant l'infame royauté,
Les Français donneront au monde
Et la paix et la liberté.

CHOEUR DES GUERRIERS.

La république nous appelle,
Sachons vaincre ou sachons périr, etc.

HYMNE

A L'ÊTRE SUPRÊME (1).

Par T. H. Désorgues, musique de Gossec.

Père de l'univers, suprême intelligence,
Bienfaiteur ignoré des aveugles mortels,
Tu révélas ton être à la reconnaissance,
    Qui seule éleva tes autels.

Ton temple est sur les monts, dans les airs,
                    sur les ondes ;
Tu n'as point de passé, tu n'as point d'avenir,
Et sans les occuper tu remplis tous les mondes
    Qui ne peuvent te contenir.

Tout émane de toi, grande et première cause,
Tout s'épure au rayon de ta divinité ;
Sur ton culte immortel la morale repose,
    Et sur les mœurs la liberté.

---

(1) En 1793, après avoir blasphémé la
divinité de la manière la plus outrageante,
Robespierre et consors lui donnèrent une fête,
qu'ils qualifièrent : *Fête à l'Être suprême.*

Pour venger leur outrage et ta gloire offensée,
L'auguste liberté, ce fléau des pervers,
Sortit au même instant de ta vaste pensée,
  Avec le plan de l'univers.

Dieu puissant! elle seule a vengé ton injure;
De ton culte elle-même instruisant les mor-
                                tels,
Leva le voile épais qui couvrait la nature,
  Et vint absoudre tes autels.

O toi! qui du néant, ainsi qu'une étincelle,
Fis jaillir dans les airs l'astre éclatant du jour!
Fais plus.... verse en nos cœurs ta sagesse
                                immortelle,
  Embrâse-nous de ton amour.

De la haine des rois anime la patrie,
Chasse les vains desirs, l'injuste orgueil des
                                rangs,
Le luxe corrupteur, la basse flatterie,
  Plus fatale que les tyrans.

Dissipe nos erreurs, rends-nous bons, rends-
                                nous justes;
Règne, règne au-delà du tout illimité;
Enchaîne la nature à tes décréts augustes;
  Laisse à l'homme la liberté.

~~~~~~

HYMNE DES VERSAILLAIS ,

Par DELRIEU *, musique de* GIROUST.

QUELS accens ! quels transports ! partout la
<div align="right">gaîté brille :</div>

La France est-elle donc une seule famille ?
Aux lieux mêmes où les rois étalaient leur
<div align="right">fierté ,</div>

    On célèbre la liberté.   (*bis*)

Est-ce une illusion ? suis-je au siècle de Rhée?
J'entends chanter partout d'une voix assurée :
Nous ne reconnaissons, en détestant les rois ,
Que l'amour des vertus et l'empire des lois.

Enfans, guerriers, vieillards, épouses, filles,
<div align="right">mères ,</div>

Le riche citadin , l'habitant des chaumières ,
Tous jurent réunis par la fraternité ,
    De mourir pour la liberté.   (*bis*)

En chassant les Tarquins, Brutus ne vit que
<div align="right">Rome :</div>

Pour réformer le monde, instruit par ce grand
<div align="right">homme ,</div>

Nous ne reconnaissons , etc.

Quel spectacle enchanteur ! au nom de la patrie,

Tout s'anime, tout prend une nouvelle vie ;
Le vieillard semble encor, par sa vivacité,
    Revivre pour la liberté ;   (*bis*)
Et l'enfant accusant la faiblesse de l'âge,
S'irrite d'être jeune, et chante avec courage :
Nous ne reconnaissons, etc.

Jadis d'un oppresseur l'injuste tyrannie
Assouvissait sur nous sa fureur impunie,
Et l'homme vertueux dans la captivité
    Soupirait pour la liberté.   (*bis*)
Maintenant l'homme juste a brisé ses entraves;
Les Français indignés de s'être vus esclaves,
Ne reconnaissent plus, etc.

Peuples qui gémissez sous un joug tyrannique,
Venez voir le Français à sa fête civique ;
Comparez vos terreurs à la sérénité
    Des enfans de la liberté.   (*bis*)
Comparez à vos fers ces guirlandes légères
Que porte, en s'embrassant, tout un peuple
de frères :

Vous ne reconnaîtrez, etc.

~~~~~~~~~~~~~~~~~~~~~~~~~~~~~~~~~

LE RÉVEIL DU PEUPLE,

Par J. M. Souriguère, musique de
P. Gaveaux.

Peuple français, peuple de frère,
Peux-tu voir sans frémir d'horreur
Le crime arborer les bannières
Du carnage et de la terreur :
Tu souffres qu'une horde atroce
Et d'assassins et de brigands,
Souille par son souffle féroce
Le territoire des vivans.

Quelle est cette lenteur barbare ?
Hâte-toi, peuple souverain,
De rendre aux monstres du Ténare
Tous ces buveurs de sang humain :
Guerre à tous les agens du crime !
Poursuivons-les jusqu'au trépas ;
Partages l'horreur qui m'anime,
Ils ne nous échapperont pas.

Ah ! qu'ils périssent, ces infames
Et ces égorgeurs dévorans,
Qui portent au fond de leurs âmes
Le crime et l'amour des tyrans !
Mânes plaintifs de l'innocence,
Appaisez-vous dans vos tombeaux :
Le jour tardif de la vengeance
Fait enfin pâlir vos bourreaux,

Voyez déjà comme ils frémissent :
Ils n'osent fuir, les scélérats.....
Les traces du sang qu'ils vomissent
Déceleraient bientôt leurs pas.
Oui, nous jurons sur votre tombe,
Par notre pays malheureux,
De ne faire qu'une hécatombe
De ces cannibales affreux.

Représentans d'un peuple juste,
O vous, législateurs humains !
De qui la contenance auguste
Fait trembler nos vils assassins :
Suivez le cours de votre gloire,
Vos noms, chers à l'humanité,
Volent au temple de mémoire,
Au sein de l'immortalité.

www.ingramcontent.com/pod-product-compliance
Lightning Source LLC
Chambersburg PA
CBHW051820020726
47502CB00005B/1558